凄腕パイロットの幼馴染みに再会したら、一途すぎる溺愛から逃げられません

m a r m a l a d e b u n k o

木下　杏

マーマレード文庫

凄腕パイロットの幼馴染みに再会したら、
一途すぎる溺愛から逃げられません

第一章

「おはよう」

背後で聞こえたドアの開閉音に続き、かけられた声に結(ゆい)は振り向いた。

「おはよう。今日は晴れそうだね」

「ね。予報変わったよね。荒れてたら影響やばかったから本当に良かったよ」

「そうだよね」

結は話しながら顔をロッカーのほうに戻すと、うんうんと頷(うなず)いてスカーフを首にかけた。

ただいまの時刻は、朝五時半。この早朝と言ってもいい時間から、彼女の仕事ははじまる。

春田(はるた)結は、空港で働くグランドスタッフである。日々飛行機を利用する人々のサポートをしている。

飛行機は朝から晩まで飛んでいるので、勤務はざっくり分けると二交代制。早番だと冬場はまだ暗いうちに家を出て、終わるのは昼を過ぎて二時ぐらい。遅番だと、午後二時から夜遅くまで空港にいる。この勤務を繰り返すのが、結の日常である。

　生活はかなり変則的なため、身体がつらくしんどいと感じる時もある。けれど結はこの仕事が好きなので、日々は充実している。

　空港で働くのが、子どもの頃からの結の夢だった。

「動画見てたら、うっかり寝るの遅くなっちゃってさあ。起きるのつらかったよ」

　隣の隣でロッカーを開けた同僚の東川美月（ひがしかわみつき）がてきぱきと制服に着替えている。毎日のルーティンになっているからか、その動作は流れるようでまったく無駄がない。

　少し早めに準備をはじめていた結に、あっという間に追いついた。

「たしかに、一度見はじめるとやめられなくなっちゃう時ってあるよね。寝る前は危険だよ」

　美月の言葉に返答しながら、結は手早く髪をまとめ上げていく。

　結たちが働いている会社はＪＷＡ（ジャパン・ウィング・エアライン）という大手航空会社の系列で、服装・髪型・化粧といった勤務時の身なりに関して細かい規定がある。そのため、髪型はひとまとめにしてきっちりと整えたアップスタイルにしなければならない。

　なかなか手間のかかる髪型だが、グランドスタッフとして働きはじめて既に八年ほどが経過している結にとっては、すっかり慣れた作業だった。

「だって寝る前のイケメンが、私にとっての安眠剤代わりなんだもん」

「出た。東川さんのイケメン好き」

どこからともなく飛んできた言葉に、結と美月が揃って振り向くと、いつの間にか近くに、彫りが深くきりっとした顔立ちの一人の女性が立っている。同僚の野村だった。トイレに行ったばかりなのか、ハンドタオルで手を拭いている。

「野村さん。おはよう。早いね」

「おはようございます」

結が野村と笑顔で挨拶を交わしていると、それを遮るように、横で美月が口を開いた。

「イケメンは誰でも好きでしょ。野村が普通とズレてるんだよ」

美月はくわっと目を見開くと、びしっと伸ばした指先を野村に向けた。

「東川さんがメンクイすぎるんですよ。そんなんだから彼氏できないんですよ?」

涼しい顔でそう言い返した野村は、美月の言葉などまったく気にする様子もなく、自分のロッカーを開けて手に持っていたハンドタオルを中に仕舞っている。

「それは関係ないし。私は癒やしと現実は、はっきり分けてる」

「そうは見えないですけどねえ」

もはや見慣れた光景ではあるが、目の前で繰り広げられる美月と野村の、お笑いの掛け合いのようなやり取りに、結は思わず口元を緩ませた。

美月は結と同じ、二十八歳。野村は一つ下の二十七歳で二人は先輩と後輩の間柄だが、見てのとおり、まるで友達のような関係性である。

もちろん二人とも公私を分けて仕事中は適切な距離で接してはいるが、プライベートではとても仲良しだ。別に野村が目上の人間に敬意を払えない傍若無人なキャラなわけではない。おそらく、この関係性は美月の明るくてフレンドリーな性格が寄与しているところが大きいと結は思っていた。

野村はどちらかというとクールな性格だが、なんだかんだ言っても美月を慕っているのが見て取れるし、きっとそんな野村を美月もかわいがっているのだろう。

彼女は誰に対しても壁を作らない、いわゆるとても人懐こい性格なのである。

結のグランドスタッフとしてのキャリアは八年ほどになる。しかし、今の職場は勤めはじめてまだ四か月程度しか経っていない。それまでは別の空港で働いていて、最近、異動で勤務地が変わったのだった。

つまり、この職場に限って言えば、結はまだ新人のような立場なのである。

さすがに最近は慣れてきているが、最初はシステムに慣れなくて戸惑うことが多かった。

そんな時によくフォローしてくれたのが美月であり、結もその面倒見の良い性格に助けられたことがたくさんあった。

今では仕事だけではなく、プライベートでも一緒にご飯を食べにいくなどして仲良くさせてもらっている。

美月は飛び抜けて美人というわけではないが、くりっとした瞳とふっくらした唇がとても魅力的で、加えて社交的な性格もあり普通にモテそうなタイプだ。

しかし、なぜかなかなか彼氏ができず、口癖は「彼氏が欲しい」。

家にいる時は、推しのイケメンの動画を見まくっているらしい。それを野村に突っ込まれるのが、いつものことだった。

「野村だって、彼氏いないでしょ」

「私は別に、欲しいと思っていませんもん」

肩を竦めながらさらりと言う野村に、美月が疑いの目を向ける。ローズ系の口紅をきれいに塗られた唇が、不満そうに突き出される。

「えー？　いつもそう言うけどさあ、野村だってイケメンに口説かれたら絶対ぐらっとくるでしょ」

「いえ別に。私、顔はそこまで重視していませんし」

「またまたあ……」

ばっさりと答える野村に、信じられないとでもいうかのように美月は大きな声を上げた。

そしていつの間に支度を再開していたのか、眉毛を描く手を止めると、何かを考えるかのように上のほうを見ながら眉をひそめた。

「そうだなあ……リアルなところで、うちの会社でいったらコーパイの緒方さん。パイロットの中で一、二を争うイケメン。しかも爽やか！　CA……キャビンアテンダントの中にも振られたって人が何人かいるって噂も聞くし、ルックス抜群でかなりモテそう。どう？　緒方さんに言い寄られたら、さすがの野村だって揺らぐでしょお」

コーパイ。つまり副操縦士の緒方という名前に聞き覚えがあったのか、野村は少し思案顔になる。

「……緒方さん、ですか」

「ほらほらほら。やっぱり考えちゃってるじゃん」

ニヤニヤする美月を制止するように手をずいっと前に突き出すと、野村は落ち着いた声で「待ってください」と言った。

「イケメンだから悩んでいるわけではないです。緒方さんといえばかなり優秀で、操縦もうまいって話じゃないですか。なんでも、コーパイながら視界不良の日に着陸を任されてやってのけたっていう話で、将来はキャプテン確実ですよ。しかもこのままいけばかなり早く昇格試験を……」

「ちょ、ちょ」

まだまだ言葉が続きそうな野村を遮るようにして、美月が口を挟んだ。

「ストップ、ストップ。この飛行機マニア。そんな、操縦の腕とか聞いてないってば。顔。あの顔で迫られたらって話よ。まったく野村は」

話にならないというように、美月は軽く頭を振ると、やれやれと言わんばかりの顔をしながら結を見た。

「ねえ？　緒方さんレベルだったら、顔だけで普通に付き合っちゃうよね」

「あー……」

当然かのように同意を求められた結だったが、うまく返答ができなかった。そして困ったように、頬をぽりぽりと掻(か)いてしまう。

「……まじぃ？　結も、ノットイケメン？　普通に、リヒト好きだって言ってたじゃない」

リヒトというのは、大人気のイケメン俳優の名前である。好きか嫌いかで問われれば、大抵の女性が好きだろう。そんな国民的人気の芸能人に対して、嫌いと言うほうがむしろ憚られる。

軽い気持ちで言ったことを引っ張り出されて、結は苦笑いを浮かべた。

「いや、そりゃ顔がいいに越したことはないと思うけど……私、緒方さんの顔よく知らないから……そんなにイケメンなの？」

「嘘でしょ!?」

結の言葉に、美月が驚いたように目をまん丸にした。

「緒方さん知らないの？　今まで、私たちの会話に何回も登場してたじゃない。知らないで話してたの？」

「うん。そんなに格好いい人がいるんだなあ、すごいなあとは思ってたけど。ほら、私ここに来てまだそんなに経ってないし。パイロットの顔まで覚えられないよ」

「いやいやいや」

わかってないなあと言わんばかりに天を仰ぐようなポーズを取ると、そこで美月はかっと目を見開いた。

「覚えるとかじゃないのよ。自然と目に入っちゃうの！　え？　何、あのイケメンは!?みたいな感じで。絶対見たことはあると思うよ。いるだけで目立つのに。ずっとあのキラキラをスルーしてたなんて、信じられない」

唾を飛ばす勢いの美月にたじろいだように、結は目をぱちぱちと瞬いた。とっさに反応できず、思わず救いの手を求めるように野村を見る。

「そ、そんなに？」

結的には否定の言葉を期待して野村に水を向けた格好だったが、その気持ちに反して、野村は涼しい顔で軽く頷いた。

「たしかに、キラキラしてますね。私は興味ないですけど、衆目を集める顔であることは間違いないです」

「そうなんだ……」

野村にまで言われて、結は気まずげに苦笑いを浮かべた。

どうやら誰もが思わず見てしまうイケメンパイロットを、自分はまったく視界に入れていなかったらしい。

パイロットは、その制服もあり目立つので、近くを通れば自然と目に入るのが普通だろう。美月の言葉どおり、見たこともあったかもしれない。

しかし結は覚えていなかった。

別にイケメンが嫌いなわけではないし、好みが偏っているというわけでもないと思っている。

けれど、なんというか、結には男性の顔が誰でも同じに見えるところがある。きっと興味がないのだろう。だから記憶に残らない。

（……やっぱり私、どこかおかしいのかな）

なんだか嫌なことを思い出したような気分になって、結の心に不意に暗い影が差した。

思い出すたびに苦い気持ちになる、ずっと心に残っている過去が結にはある。

自分の中できちんと昇華できていないから、いつまでも引きずるような形になってしまっていることはわかっている。

普段はすっかり忘れたような顔をして生きているが、何かのきっかけで不意にフラッシュバックのように記憶のかけらが浮き上がってくることがたまにある。

もう十年以上も経つのに、まだ思い出すなんて。

そのたびに自分に呆れる。諦めのような心地になって、そして結局いつも同じことを考えてしまう。今さら考えても仕方のないことを。

あの時、最後に少しでも話ができていたらここまで引きずらなかっただろうか――。

「結？」

少しの間ではあったが、突然に黙ってしまった結に対して、不思議がるようにかけられた言葉にはっと我に返る。結は慌てて笑みを浮かべた。

「ご、ごめん。記憶を探ってた。言われてみたら、緒方さん見たことあったかも」

誤魔化すために話を合わせると、その言葉に反応した美月がぱっと表情を明るくした。

「だよね？　気づかないなんてことないよ。ついでに言うと、イケメンパイロットは緒方さんだけじゃないからね。まだいるから。私がチェックした中で言うと……」

「ちょっと、東川さん」

そこで野村が口を挟んだ。呆れたように首を傾けている。

「イケメントークはそのへんにしないと。時間見てます？　急がないとブリーフィングはじまっちゃいますよ」

「ほんとだ」

壁にかかる時計に目をやった美月が、焦ったような声を出す。

慌てたようにメイクを再開した美月に釣られるように、結も支度をする手を早めた。

グランドスタッフの一日は慌ただしい。ブリーフィングが終わると、結は最初の便の出発ゲート業務に入った。

この時期の混雑のピークである大型連休が過ぎた空港は、落ち着きを取り戻していた。大型連休はあまりの人出に空港内は普通に歩くのも大変なぐらいごった返すし、結の業務も目が回るような忙しさになる。

それに比べると利用者の数はかなり少なくなるものの、過ごしやすい新緑の季節は行楽に向いていて旅行を計画する人も多く、週末ともなるとそれなりの混雑ぶりを見せていた。

準備をしてからアナウンスを行い、それからゲートで改札を行っていく。

時間を過ぎても現れないお客様がいる場合は、アナウンスを入れながら空港内を捜し回り、ゲートで預かり荷物が発生すれば、荷物の積み下ろしや仕分け業務を担当しているグランドハンドリングスタッフに連絡を取って引き渡す。

そうやって対応に追われながらなんとか全員の乗客の搭乗が無事完了すると、休む暇なく今度はチェックインカウンター業務に入った。

美月と野村は同じシフトであっても常に一緒に行動しているわけではなく、それぞれ別のゲート業務に入っていることもある。

途中変更もあるが、ブリーフィングで担当が割り当てられるのだ。大手だけあり一日の便数はかなり多く、常に時間に追われているような感覚があった。

決して楽とは言えないが、結はこの仕事が好きだった。

特に、今働いているこの空港は思い入れもある。

実はこの空港はグランドハンドリングスタッフとして過去、結の父親が働いていた職場でもあった。中学までは近くに住んでいて、結も何度も遊びにきたことがあった。

空港には独特の雰囲気があると、結は思っている。

これから何かがはじまりそうな高揚感に満ちていて、常に活気に溢れている。行き交う人々の顔はみな期待に弾んでおり、誰もが幸せそうだ。

ある種のパワーが渦巻いている様子、日常とは切り離された空間、子どもも心にわけもなくワクワクしたのを覚えている。

そして、そこで働く人々もまた、とても生き生きとしているように見えた。私も将来ここで働きたいと思ったのは、当然の成り行きだったのかもしれない。

空港で働く父親が誇らしかった。

飛行機は様々な人々の働きがあって飛んでいる。父親もそう語っていたし、空港に行って働く人々を見ていれば、おのずとそのことはわかった。その一員になれるなんてすごい。私もそんな仕事に就きたい。素直にそう思った。

その思いは、時が経っても色褪せることはなかった。

高校に進学する時に、祖父母が続けて病に罹った。その看病をするため、仕事を辞めた父親や母、姉とともに同じ県内にある少し離れた祖父母の家に転居してからも、結の夢は変わることはなかった。

グランドスタッフを志して専門学校に行き、卒業すると今の航空会社に就職した。残念ながら最初の勤務地は別の空港だったが、今年になって異動のチャンスが巡ってきて、やっと念願が叶ったというわけだった。

だからなのか、どんなに忙しくてもそれがつらいとまで思うことは、今のところない。

チェックインカウンターでの仕事が一息つくと、結は再び出発ゲートの担当に戻った。これが終わると休憩に入れるので、気持ちにも少しだけ余裕が生まれる。

ゲートオープンからの改札もスムーズに進み、半分ほど過ぎた時だった。

「え？　お客様がトイレに忘れ物を？」

この便の出発ゲートで責任を担う先輩社員に呼ばれていくと、困った顔をしたその先輩は、少し離れたところにいる家族を見やりながら結の言葉に静かに頷き返した。

「そうなの。どうやらお子さんがリュックを忘れたみたいでね。それがないと飛行機には乗れないと仰っているのよ」

さりげなくそちらに視線を移すと、幼稚園児ぐらいの女の子が泣きながら母親に何かを訴えている。

母親は一生懸命に話しかけているが、女の子は首を振るばかりだった。その隣には三歳ぐらいの女の子を抱いている父親らしき人物もいる。

「このまま乗せるのはどうも難しそうね。確認したけど、落とし物で届けられてはいないから、まだトイレにある可能性が高そうなの。悪いんだけど春田さん、ゲートは大丈夫だからトイレを回ってリュックを取ってきてくれないかしら。Cの検査場から入ってまっすぐこちらに向かったと言っているから、その間にあるトイレに寄られたと思うの」

先輩社員の指示を注意深く聞き、結は頭の中で捜索ルートをイメージする。

「リュックの特徴はわかりますか？」

「ピンク色で、熊のキーホルダーがついているそうよ。もしその周辺のトイレになかったら戻ってきていいから」

「わかりました」

結はすぐに頷いた。

搭乗手続き締切までには、まだ少し時間がある。

このことで遅延をさせるわけにはいかないが、だからといって子どもに諦めろというのも酷な話である。あの女の子の表情からするに、きっとその子にとって大切なものが入ったリュックなのだろう。

家族が自ら捜しにいくのは、残り時間を考えると逆に危険だ。万が一迷ったらとても時間がかかってしまう。

かなりイレギュラーな対応だが、スタッフに行かせる方法を選んだゲートリーダーである先輩社員の判断も頷けた。

結は返事をするや否や、くるりと踵(きびす)を返した。

ここに異動してまだ四か月足らずだが、空港内の地図はすっかり頭に入っている。

結は目星をつけたトイレを目指して先を急いだ。

「あった……！」

二つ目に入ったトイレの一番奥の個室で、該当するリュックを発見した。結はイヤホンマイクで報告を入れると、それを手に持ってトイレから出た。

腕時計で時間を確認しながら元のゲートに向かって歩きだす。個室を確認していたため少々時間がかかったが、まだ少しだけ余裕がある。

そのことにほっとしつつも周囲に気を配りながら歩くスピードを上げた、その時だった。

少し進んだ先に人が固まって立っているところがあり、その陰から中年の男性が勢い良く結の方向に向かって飛び出してきたのだ。

驚いた結はとっさに止まろうとして足を踏ん張る。しかし男性の進むスピードが思ったよりも速く、しかも減速をする気配もないため、気づいた時には既にその大きな身体が眼前に迫っていた。

(……だめだ、ぶつかる!)

結は身体を強張らせた。そこまで運動神経がいいわけでもないため、さっとかわすこともできず、なす術(すべ)もなく立ちつくす。心臓がぎゅっと縮むような心地を覚えた。

しかし反射的に目を閉じかけたその時。ぐいっと腕を引かれて、すんでのところで身体が横に移動した。

結が先ほどまでいたところを、中年の男性が駆け抜けていく。相当に急いでいるのか、結にちらっと視線を向けただけですぐに行ってしまった。

「大丈夫ですか？」

突然のことで、何が起こったのかとっさにわからなかった結は、呆けた顔で中年の男性が通り過ぎた場所を見ていたが、その声に我に返り、ぱっと振り返った。

声のしたほうを見れば、背の高い男性が案じるような顔でこちらを見ている。

その人が自分を助けてくれたことに気づいた結は、お礼を言おうと口を開きかけたが、男性の服装が視界に入り、ぎょっとしたように目を見開いた。

（え、うちの会社のパイロット⁉）

紺のブレザーにネクタイとスラックス。そして帽子。それは結が勤めているＪＷＡのパイロット用の制服で、袖口に入っているラインが三本なので副操縦士だ。一瞬の間で結はそれを見て取った。

これに結は慌てた。

空港なのだからパイロットがいても不思議ではないのだが、結たちグランドスタッフは、その姿は見かけても面と向かって話す機会は少ない。

それにパイロットは当然優秀な人が多いので、たとえ同じ系列会社の社員同士という立場であっても、自分とは全然違う世界の住人のような感覚があった。

ここが出発ロビーということを考えるとおそらくこれからフライトなのだろうし、迷惑をかけてはまずいという意識が働いたのだ。

(しかも……なんかこの人、めちゃくちゃイケメンじゃない!?)

改めて男性を見て、結は自分を助けてくれたパイロットがとても整った顔立ちをしていることに気づいた。

きりっとした眉に、きれいな二重の涼しげな目元。高い鼻梁に形のいい唇。パイロットの制服に包まれた身体は、服の上から見ても均整がとれていてまるでモデルのようだ。

「だい、じょうぶ……です」

普段は男の人の顔なんてそこまで気にしておらず、イケメンにもあまり反応しないのに、なぜだかその人の顔から、目が離せなくなった。

呆けながらもなんとか返答して、しかしそこで我に返った結は、そんな自分に戸惑いを覚えて無意識に小さく首を捻った。

「良かった」

爽やかな笑みを浮かべかけたそのパイロットの男性は、そこで何かに気づいたように目を瞬くと、なぜかそのまま結の顔をじっと見た。

（……？）

その表情の変化に少し違和感を覚えながらも、自分が置かれている状況を思い出した結は慌ててその男性に向き合うと、丁寧に頭を下げた。

「助けていただきありがとうございます。あやうくお客様とぶつかってしまうところだったので助かりました」

一瞬頭から飛びかけたが、結は忘れ物のリュックを取って戻るところだったのだ。まだ少し時間はあるにしても、なるべく早く戻るに越したことはない。

それに、先ほどから横を通り過ぎる人々がちらちらと視線を向けてくることに気づいていた。パイロットはただでさえ目立つ。それに加えてこんなイケメンとくれば、衆目を集めることは必至だろう。

長く話していて何かあったのかと思われるのもまずいので、あまりここに留まらないほうがいいと思ったのだ。

とはいえ、このイケメンパイロットが結のピンチを救ってくれたのもまた事実だ。もしあのまま中年男性とぶつかり、相手に怪我でもさせていたらきっと大変なことになっていただろう。立ち去るにしても、先ほどの言葉でちゃんと感謝の気持ちが伝わったかどうか、相手の反応を見てからにしなければ。そう思い、下げた頭を戻した結はまっすぐに相手を見た。

何か返答があるものと思って相手の言葉を待っていた結だったが、いつまで経ってもそのパイロットの男性は口を開かない。怪訝に思いながらも、仕方なく言葉をかけた。

「……あの？」

何かおかしなことを言っただろうか。そう思ってしまうぐらい、男性は真剣に結の顔をじっと見ている。まるで何かを確かめるみたいに。

「あ……いえ。怪我がなくて良かったです」

結の言葉に我に返って目を瞬いた男性は取り繕うように口を開いたが、その顔はまるで夢から戻ってきたばかりという風情で、どこか心ここにあらずだった。

ますます疑問に思いながらも、結は言葉を続けた。

「本当にありがとうございました。お忙しいところ、足を止めさせてしまって申し訳ありません。では、すみませんが業務の途中なので、失礼します」

様子がおかしいのは気になったが、あまり時間をかけてもいられない。

結はもう一度「ありがとうございました」と言うと、ぺこりと頭を下げてから踵を返そうとした。しかし。

「ま、待って」

焦ったようにそう言った男性に、腕を掴まれて制止される。まさか引き留められると思っていなかった結は、驚いた顔で男性を見上げた。

(え、な、何⁉)

「間違えてたら、すみません」

そう言って一度躊躇うような表情をした男性の顔を見て、結ははっとした。

その整った切れ長の瞳の中に、すがるような祈るような、思わずこちらの胸まで苦しくなってしまう必死さが垣間見えたからだった。

どうしてそんな顔をするのだろうか。

状況も忘れて自然と疑問が胸に湧き上がる。

少しの逡巡の後、意を決したように怖いぐらい真剣な顔をして、男性は口を開いた。

「もしかして……春田……?」

その発せられた言葉に、結は目を見開いた。

「えっ……」

(嘘っ知り合い⁉)

思いがけない展開に、結はひどく困惑した。

今、目の前のイケメンパイロットはたしかに結の名字を口にした。けれど当然ながら、結にはまったく見覚えがない。

パイロットで、しかもこんなに顔がいい人が知り合いだったら、嫌でも覚えているだろう。残念ながら、いくら考えても結にはこんな素敵な知り合いはいなかった。

「えっと、どちらさまで……？」

しかし、言われた名字は合っているので、どういうわけかはわからないが、相手は結のことを知っているらしい。そうである以上、ストレートに「知らない」とは言えなくて、結は精いっぱい気を遣った声でそう言った。

「……ほんとに、春田なんだ……」

否定しなかったことで、目の前の人間が結だということを確信したのか、男性はかすれた声でぽつりと呟いた。それで、人違いなどではなく、どうやら本当に自分を知っているらしいと察した結は余計に首を捻った。

（え、本当に誰!? こんなイケメン、絶対に知り合いにいないんだけど！）

もしかして自分には、記憶喪失だった時期でもあったのだろうか。そう思ってしまうぐらい、結は目の前のイケメンに心当たりがなかった。改めて記憶を探ってもまったく出てこない。

すると、その結の様子を見て、男性は何かに気づいたかのように「あっ」と小さく呟いた。

「そっか。俺、あの頃は太ってたし。だいぶ変わったから、わかんないか。俺、緒方……違う。あの頃とは名字が変わったんだった」

そこで言葉を区切ると、自分を緒方と名乗りかけた男性は唾を呑み込むような仕草を見せた。

「……小学校、中学校と同じクラスだったこともあった春田大也だけど、覚えてない？」

その言葉に、脳天からつま先までを突き抜けるような衝撃が結を襲った。

人は驚きすぎると本当に固まって、何もできなくなってしまうらしい。ぽかんと口を開いたまま、信じられないというように目を瞬いた。

なんと、男性の名前は春田大也だと言う。結が知っている中で、その名前をもつ人間はただ一人。彼が言ったとおり、小中学校の同級生。たしかに彼は、結と同じ名字の「春田」だった。

そして。それは結にとって、忘れたくても忘れられない名前だったのだ。

「……嘘。本当に？」

しばらく言葉を失った後、やっとのことで結は言葉を絞り出した。

（本当に、あのハルなの？）

名字がかぶっていたため、当時結は彼をそう呼んでいた。「ハル」というその呼び名が自然と脳裏に浮かび上がった。

——まさか。そんなことが。

信じられない現実を前に結の唇が小刻みに震える。心臓がどっどっと音を立てて鳴り、息があがり、あまりのことに立っているのも苦しくなった。

結の記憶の中の大也は、こんなに背が高くなかった。最後に見たのは中学生の時なので、それから成長したとしてもおかしくはないが……あの頃の身長を考えると、想像もつかないぐらい大きい。

それにスタイルだって全然違う。

当時の大也はこんなにスリムではなかった。どちらかというと、ぽっちゃりという表現がぴったりの男の子だったのだ。

当然、顔もふくよかでフェイスラインも頬もふっくらとしていた。少年から大人になり、痩せて肉が落ちたことで面立ちはこんなにも変わるのか。

にわかには信じられなかったが、こんな状況で見ず知らずの人間が大也の偽者を騙ることなんてないだろう。となれば、嘘のようだが本人ということなのだ。

「そんなに驚く？　まあ無理もないか。十年以上経つからな。でも春田はあんまり変わってない。すぐわかった」

まっすぐにこちらを見てくる瞳に既視感を覚えて、結は息を呑んだ。

そうだ、覚えている。この吸い込まれそうな眼差し。

胸に込み上げる言いようのない感情を抑えつけるように、結はぎゅっと手に力を入れた。

「そう、かな」

最後に会ってから十年以上経つのに、そんなにすぐにわかるものなのだろうか。

たしかに、結は身長だって体型だって、大也と比べればびっくりするほどの変化はないかもしれない。

丸顔に丸い鼻、そしてたいして大きくはないが黒目がちの瞳だからか、年齢よりは若く見られることが多いが……それは裏を返すと童顔ということで、昔からあんまり変わらないと言われることはある。

けれどここは空港で、お互い仕事中で。

イレギュラーとも言える状況で、偶然助けた相手が小中学校の同級生だったなんて、この短い間に気づくものなのだろうか。

「パイロット、になったんだ……」

色々な考えが頭に浮かび、ぐるぐると思考が渦巻く中で、結の口から突いて出たのはそんな言葉だった。

大也の容姿もさることながら、パイロットになっているということにも結は驚いていた。頭の隅に押し込んでいた、あの頃の記憶が触発されたかのように蘇る。

『あたし、将来お父さんみたいに空港で働きたいな』

『俺はパイロットになりたい』

『え？　パイロット？』

『なんだよ。別にいいじゃんか。あんなおっきいの運転して、こーんな広い空飛べるんだぜ。考えただけでも気持ち良さそうじゃん。ま、俺なんかじゃ無理かもしれないけど』

『何言ってんの。いいと思うよ。格好いいね。パイロット』

他愛もない会話の合間で、そんなふうに互いの夢を話した、小学生の頃の遠い思い出。忘れていたと思っていたその記憶はあまりに鮮やかで。

「うん。なんとか。春田もきっと、空港で働いてると思ってた」

束の間、過去を思い出していた結はその言葉に我に返って大也を見た。容姿はまったく変わってしまったのに、はにかむように笑うその顔が、記憶の中のものと重なる気がしてなんと返していいかわからなくなる。

しかし次の瞬間、空港内の喧騒が結を不意に現実に引き戻した。

「やだ、私、急いでたんだった。戻らないと！」

焦ったような声を出した結は、慌てて腕時計で時間を確認した。

まだ、大丈夫。しかしこれ以上、遅れるのはまずい。

そう思いながら、あたふたと手に持っていたリュックを抱え直す。

「ごめんなさい。私、行くね」

そうして踵を返そうとした結だったが、その身体を引き留めるように、腕に触れた手があった。

「待って。これ俺の連絡先。時間できた時に連絡してほしい」

言いながら素早くポケットからカードケースを取り出した大也は、そこから一枚の紙を引き抜く。そしていつの間にか持っていたペンでそこにささっと何かを書きつけると、結の手のひらに押しつけた。

「え」

結は戸惑ったように視線を揺らした。

まさかそんなことを言われるとは思っておらず、完全に想定外だった。

それ故、どういう反応をしていいかわからなかったのだ。

「久しぶりに会ったから、もう少し話したい」

正直、それに素直に頷くことはできなかった。しかし突っぱねることもできず、困ったように何度も瞬きをした後、結はおそるおそるそれを受け取った。

「……良かった。引き留めてごめん。連絡、待ってる」

ほっとしたような顔を見て、ますます困惑してしまう。

けれどそれ以上時間を使うことはできず、結は「じゃあ」と小さく言うと、足早にその場を立ち去った。


（あーどうしよう、どうしよう）

その日の業務が終わった午後二時過ぎ。

結はロッカーの前で制服から私服に着替えながら、今にも頭を抱えんばかりに悩んでいた。

（まさか今さらハルに会うなんて……！　しかもパイロット？　同じ系列会社⁉　こ

んなことってある⁉）

　まさにドラマのような再会。

　こんなことが自分に起こるなんて。今でも信じられない気持ちでいっぱいで、業務中も思い出しては鼓動を速くさせていた。もしかすると夢でも見たのではないかと、頬をつねろうかと思ったのも一度や二度ではない。おかげで全然、業務に集中できなかった。

　件（くだん）のお客様は無事にリュックが間に合い、子どもも笑顔で飛行機に乗り込んでいった。

　出発も定刻に間に合い、ゲート業務は滞りなく終わったし、その後の他の業務でもトラブルはなく、無事に今日のシフトは終了した。

　――しかし。

　結はスカートのポケットから一枚の紙を取り出した。両手で包むようにしてその中に収め、視線を落とす。

（ほんと、どうしよう……）

「うわあ。緒方さんの名刺だ！」

　突然、耳のすぐそばで声が聞こえ、結は弾かれたようにそちらを見た。

「午前中、緒方さんと話してたでしょ。見かけたよ」

いつの間に近くに来ていたのか、すぐ隣に美月が立っていて好奇心いっぱいの顔で結の手元を覗き込んでいた。

この口ぶりだと、どうやら、たまたま美月の担当していた出発ゲートがあのあたりだったらしい。その時々によって出発ゲートの場所は変わるのでそれ自体はおかしいことではないが、まさか見られているとは思わず、結はぎくりと顔を強張らせた。

通常シフト交代の際、ロッカールームには人がもっといる。しかし今日はたまたま連絡事項が多くて、業務の引き継ぎに時間がかかった。

その結果、いつもよりも遅れてあがったため、ロッカールームは普段に比べて閑散としていた。

美月は既に帰ったと思っていたが、結よりも長く残業していたらしい。

結は美月から隠すように、手の中のものを急いでバッグに押し込んだ。

「急いでたから、ちらっと見かけただけだったけどさあ。何話してたの？　名刺をもらったってことは……まさか業務中に口説かれた？」

興奮気味に話す美月に向かって、結は慌てて首を振った。

「ち、違うよ！　お客様にぶつかりそうになったところを助けてもらっただけ！　た、たまたま通りかかっただけで、そんな業務中に、そんなことあるわけないでしょ」

「まあ……だよねえ」

必死に否定する結を見て納得したように頷いた美月だったが、すぐにずいっと顔を近づけると、目を光らせながら口を開いた。

普段は、どちらかというとかわいい感じの雰囲気がある美月だが、こうなるとなぜか、こちらをたじろがせるような不思議な迫力があった。

「じゃあ、なんでそこから名刺をもらう展開に？　意外な組み合わせすぎて、もう私、仕事中も気になって仕方なかったんだから教えてよ」

その好奇心が溢れんばかりの表情に結は観念した。これはどうあっても話さないと解放してくれなそうだ。

「それは……緒方さんが実は知り合いだったことが判明して」

「えっ知り合い？」

それは美月にとっても意外な話だったのか、その顔が驚きに変わる。結は躊躇いながらも小さく頷いた。

「そう。小学校と中学校の……同級生」

「ええっ」

またもや驚きの声を上げた美月は、呆気に取られたようにぱちぱちと瞬きをすると、少しの間を空けてから「はあ～」と感心したような声を出した。

「そんなことってあるんだねえ。てか、緒方さんあんなに目立つのに気づかなかったの？」

「……まあ、それは。中学の頃と比べると、けっこう見た目が変わってたから。何せ十年以上経つし。名字も変わってたし」

そこまで話してから、結は何かに気づいたようにはっとなった。

「え、あれ、もしや緒方さんって、朝話してたパイロットの中で一、二を争うイケメンでモテモテの緒方さん……？」

「えっ……」

結の呟きのような言葉を聞いた美月が、ひどく驚いた声を出した。信じられないと言わんばかりの視線を結に向ける。

「いや、気づいてなかったの!? じゃあどの緒方さんだと思ってたの」

その鋭い突っ込みに、結は気まずげな表情を浮かべた。

「そう……だよね。うん。いやそうなんだけど。全然、結びついてなくて。その、まさか同一人物と思えなかったというか」

偶然助けてもらったパイロットがまさか大也だったなんて。

まず偶然の再会に驚いた。

それに加え、あんなに格好良くなっていたことにも驚いたし、パイロットになっていたことにも驚いた。それが衝撃的すぎて、名前のことまで意識が及ばなかった。大也が名乗った名字が朝話題に上がっていたイケメンパイロットと同じ名字だなんてところまで、考えが至らなかったのだ。

(そういえば名字が変わったんだよね。ということは、やっぱりご両親が離婚して……)

そんなことを考えていると、美月が少し拍子抜けした顔で口を開いた。

「……そんなに変わってたの？ああいうタイプは生まれながらにイケメンなのかと思ってたけど、違うってこと？もしかして昔は冴えなかったとか？」

この言葉に結は慌てた。

(……やばい。嫌な言い方しちゃったかも。あれだと、中学の頃は今と違ってイケメンじゃなかったっていう悪口にとられちゃうよね)

失言してしまったことに気づいた結は、ぶんぶんと音でもするかのような勢いで首を振る。たしかに大也は変わったとは思うが、昔の彼のことを悪く言うつもりはなかった。

それに、昔の二人の関係性を誰かに話すつもりもない。

「ち、違う。そうじゃなくって……。中学生の時はそこまで大きなタイプじゃなかったから、身長が、あんなに伸びてるとか思わなくって。それに雰囲気もけっこう変わってたし」

「まあねえ……。たしかに同級生がパイロットになってるって、想像つかないかも」

我ながら苦しいと思った言い訳だったが、美月はそこまで違和感は覚えなかったようで、納得するようにうんうんと頷く姿に結はほっと胸を撫で下ろす。

すべてがそういうわけではないが、思い出したくない過去もあるため、特に中学生の頃のことは必要以上に掘り返されたくなかった。

「そうそう。だから驚いちゃって。ほんとこんなことってあるんだなーって」

言いながら結は着替えを再開する。

思いがけず大也について話すことになってしまって、結は内心、少し焦っていた。これ以上、話が広がるのは避けたい。

できれば自然な形で会話を終わらせたくて、さりげなく誘導を試みたつもりだった。

「でもラッキーじゃん。あの緒方さんだよ？　いいなあ、私もお近づきになりたい。

連絡先、教えてもらえるなんてうらやましい」

しかし、結のそんな胸の内に反して、美月のほうはこの話を終わらせるつもりは毛頭なさそうだった。

先ほどの興奮ぶりを見てもわかるように、このことは美月の中でもかなり関心が高いことらしい。

あからさまに近づこうとする人はさすがにいないが、グランドスタッフの中でもパイロットの人気は高い。あわよくば知り合いになりたいと思っている人が一定数いることは事実だった。

そう考えると、そんな人気者との接触に興味をもつのは自然な流れかもしれなかった。結だって同僚がそんなシチュエーションに遭遇しているのを知ってしまったら、好奇心から興味はもってしまうかもしれない。

けれど期待されたところで、大也とこれがきっかけで何がどうこうなるとは思えなかった。

連絡先は渡されたが、久しぶりの再会にテンションが多少上がって懐かしくなっただけなのではと結は思う。

というか、どう考えてもそれ以外考えられない気がした。たしかにある時期、彼とは親しくしていたことがあったのだから、きっと少しばかり思い出話がしたくなったのだろう。

「いやあ……ただの社交辞令的な感じだと思うよ。偶然同じ系列会社で働いていて、また会う可能性もあるわけだし。あまり邪険にできなかったんだよ」

結は、連絡先を渡されたことなどたいして意味がないのだとアピールするかのように、あえて軽い口調で結論づけるように言った。

「そんなことないでしょ。そんなんで、わざわざ連絡先なんて渡さないよ。もらったままにしないで、絶対、連絡すべき！」

何言ってんだと言わんばかりに声を張り上げた美月に向かって、結は曖昧(あいまい)な笑みを浮かべた。

「そうかなあ」

「ほんと、欲ないんだから。もっとグイグイいかないと、あっという間に三十歳になっちゃうよ」

美月の小言めいた言葉に対して、結は気まずそうに頬をぽりぽりと指先で掻いた。

「まあ、それならそれで別にいいし……」

「だめだめ。もったいないよ！」

美月のお節介な性格が幸いし、少し会話の矛先が逸(そ)れたことに安堵(あんど)しつつ、結は誤魔化すように笑みを返した。

第二章

大也と初めて同じクラスになったのは、小学校四年生の時だった。それまで話したことはなかったが、存在はなんとなく知っていた。それは彼が他の子どもよりも少しばかりふくよかだったからで、単純にその体型故に集団にいても自然と目につくからだった。

体形でからかわれることが多かったせいか、当時の彼は荒んでいてやや屈折した性格をしていたと思う。

人をからかって遊ぶような、いわゆるいじめっ子の類の男の子たちに標的にされて、毎日のようにちょっかいを出されていた。何度もからかわれるうちに嫌気がさしたのか、そのうちに反撃をするようになり、気づけばしょっちゅうトラブルを起こしていた。

そのあたりから周囲に対してひねくれた態度を取るようになり、クラスの中ではかなり浮いた存在になっていた。クラスメイトは彼と関わり合いをもつことを避けるようになっていき、孤立していたように思う。

けれど結は大也に、周囲とは違った感情をもっていた。

最初は他の同級生たちと同じように、大也のことは遠巻きに見ていた。嫌っていたわけではなかったが、関わるとなんだか面倒なことになりそうで、あまりそばには寄らないようにしていた。

ある日、学校から一人で家に帰っていると、後ろから結を呼ぶ声がした。振り返るとそこには懸命に駆け寄ってくる大也がいて、手に持っているものを突き出した。

「これ」

差し出されたものをよく見るとそれは結の薄いオレンジ色の給食袋だった。ランドセルに引っかけていたはずが、紐かどこかが解けて歩いている途中で落ちてしまったらしかった。

ぶっきらぼうに突き出されたそれを驚きながら受け取った結は、小さな声でお礼を言った。それにかすかに頷くような仕草を見せると、大也は踵を返して小走りに去っていった。

その決して機敏とはいえない動きを見て、結は気づいた。大也は相当に無理をして結を追いかけてきたのではないかと。

額にびっしりとかいた汗。あがった息。

かすかに見せた苦しそうな表情。

考えれば思い当たる節はたくさんあった。

別にそんなに無理をしなくても、名前が書かれているはずなので、次の日に渡せば事足りたことだった。

もっと言えば気づかないふりでもしてしまえば良かったのに、大也はそれをしなかった。

何も言わず足早に去っていく彼の後ろ姿が、妙に目に焼きついたのを覚えている。

それから、結は大也のことが気になってよく目で追うようになった。

そして、色々わかった。

クラスにいる、みんなからすっかり忘れられているメダカは大也がこっそり世話をしていること。学級図書がぐちゃぐちゃになると、仕方なさそうにしながらも丁寧に整えていること。

逆上がりのテストの時は遅くまで残って一人で練習をしていた。それでも、成功はしていなかったが……。

それから、ある下校時のこと。他の子どもがいたずらをしたのか、道端に投げ出されていた何かの幼虫をぶつぶつ言いながら葉っぱの上に移動させていたのを見た。

そういった姿を見るうちに、結の大也に対する印象はどんどん変わっていった。

少しばかりねじくれた性格になってしまっているが、本来の彼は真面目で心優しいのではないか。

結はいつの間にか、大也のことをもっと知りたいと思うようになっていた。そして大也が周囲に強がったような態度を取るのを見るたびに、なぜか胸が痛んだ。

学期が変わったある日のことだった。

結は席替えで大也の隣になった。

それを境に、二人を取り巻く環境にちょっとした変化があった。

なんの偶然か、大也と結は同じ名字だった。

二人とも〝春田〟。

珍しいというほどではないが、ありふれた名字でもないこともあって、大也をいつもからかっている男子がそのことをふざけて取り上げるようになった。

「あっ‼　お前ら夫婦だろ‼」

「ふーふ！　ふーふ！　ほら、もっと近くに寄れよ」

そう言って、二人をからかうようになったのだ。

これまでは太っていることを面白おかしくいじっていたが、最初はムキになるだけだった大也が徐々にうまく反撃するようになり、最近ではやり返されることも出てくるようになって、それを面白く思っていなかったのだろう。

新たなからかいの手段が見つかり、それに結が巻き込まれた形だった。

これに、結は困ってしまった。

夫婦だ夫婦だと囃し立てられるのは、いい気がするものではなかったからだ。とはいえ、結は大也に悪感情をもってはいない。やめてと声を張り上げるのは彼を否定する感じがして、何か違う気がした。

結果、そういうシーンに直面した時には、取り合わず困ったように笑って、男子たちが飽きて止めるのをただ待つようになった。

仲のいい友達が結を気の毒に思い「あんな奴と夫婦にされて、結ちゃんかわいそう」と同情してくれたが、それに対しても素直に頷くことはできなかった。

しかし、それが結果的に二人の距離を縮めることになったのだ。

「春田」

一人で学校から家までの道を帰っていたある日、結は大也に呼び止められた。

足を止めて振り返ると、むすっとした顔の大也が結の近くまで歩いてきた。

ずっと後ろをついてくる足音がなんだったのか、その時結は理解した。大也の顔を見ると、まるで緊張しているかのように、その口元がきゅっと引き結ばれている。

「何？」

「あ、あのさ……」

大也はぼそぼそと言った後、躊躇うような仕草を見せた。

しばらく散髪していないのか、伸びっ放しのヘアスタイルの大也は長い前髪が目の半分ほどの位置までかかっていて、その表情を窺いにくくさせていた。首回りはだらしなく伸びているのに、腹部のあたりだけパツパツとしたTシャツによれよれのズボン。そしてどこか挙動不審な落ち着きのない動き。

改めて見ると、たしかに大也は近寄りがたい雰囲気をもっていたが、その時の結はもう大也を偏見の目で見ることはなくなっていた。それに大也が一体なんの用事で話しかけてきたのかと好奇心が勝り、自らも一歩近づいた。

「どうしたの？」

下から覗き込むようにすると、目が合った。焦ったような表情を見せた大也はぎゅっと目を瞑りながら口を開いた。

「ご、ごめん！」

「え？」

どうして突然謝られたのか、よくわからなかった結は首を傾げた。

「や、山田たちのこと！　俺のせいで春田までからかわれるようになって、ほんとごめん……」

最後のほうは消え入りそうな声だった。そんな様子の大也を見てある考えが頭を過り、結は胸をどんと突かれたような心地に陥った。

——そういうこと、だったんだ。

彼はこの事態に陥ったことに対して、ずっと結に申し訳なく思っていたのだ。

それまでの大也の態度について、合点したことがあった。

大也は男子たちが夫婦だと囃し立てはじめると、いつもすっと立ち上がってどこかに走り去っていくのだ。それができない状況の場合は、「こんな女と、迷惑」と吐き捨てるように言うことが常だった。

そんな態度を見て、結は大也が自分とからかわれることを本気で嫌がっているのだと思っていた。なんだか勝手に拒絶された気持ちになり、実はこっそり傷ついたりもしていた。

しかし、本当は違っていたのだ。

それらの言動はすべて、からかいやちょっかいの矛先を自分に向けるためにしたことだと結は今、ようやく気づいたのだ。おそらく結だけはからかいの的から外そうと大也なりに考えてしてくれたのだろう。

そう思うと、結の胸の中になんとも言えない温かい気持ちが広がった。

「いいよ」

結は安心させるかのように口元に笑みを浮かべた。

「私、大丈夫。別に気にしてない」

「え」

結がそんな反応をするとは思っていなかったのかもしれない。大也は驚いたように目をみはった。

「で、でも。俺、太ってるし、嫌われてるし。そんな俺と、ふ、夫婦だなんて言われて迷惑だろ」

早口で喋るその口調に大也の動揺が表れているようだった。だから結は精いっぱい優しく見えるように、もう一度笑ってみせた。

「別に、嫌じゃないよ」

その言葉に、大也の目が限界まで見開かれた。

その日から結は時折、大也と一緒に帰るようになった。

これまで、結はいつも一人で帰っていた。クラスの友達とは少し違うエリアに住んでいたので、通学路が一緒になる子がいなかったからだ。

大也もどうやら帰る方向が同じらしく、たまに校門を出たあたりで一緒になることがあった。

前までだったらお互い知らん顔をしてやり過ごしていたが、どちらともなく、並んで歩くようになったのだ。

大也は最初、結が喋りかけてもあまり話さなかった。

しかし徐々に自分からも話すようになり、一か月が経つ頃には、こちらが黙っていても煩(うるさ)いぐらい喋るようになった。

彼の両親は共働きで常に帰宅時間が遅いらしく、大也は放課後をいつも一人で過ごしていて時間を持て余しているようだった。だからなのか、図書室で片っ端から本を借りて読んでいて、色々なことを知っていた。気づけば、そんな大也との会話が結は楽しくなっていた。

通学路から少し逸れたところに、手入れがされておらず雑草が伸びっ放しで人があまり寄りつかなくなった、小さな公園があった。

気が向くと、時折そこに二人で寄り道をした。その公園は遮るものがなく、近くの空港から飛び立った飛行機が見えた。取り留めのない話の中で、将来の夢を打ち明け合ったこともあった。

結には二つ上にとても顔の整った姉がいた。小さい頃からその容姿は際立っており、どこに行っても注目を浴びた。

それに対して結は、いたってごく普通の容姿だった。「お姉ちゃんはかわいいのに、妹は普通だね」これはどこに行ってもつきまとう結への評価だ。別にひどく劣っているわけでもないのに、秀でた比較対象がそばにいるせいで、結は常に低く評価をされてきた。面と向かって言われたわけではなくても、常にその空気感に晒されていれば、嫌でもわかった。

結はいつも姉のオマケだった。

父親はそうでもなかったが、母親は姉を溺愛していた。かわいい自慢の娘。誇らしくて仕方がないといった様子で、いつも姉に夢中だった。

別にだからといって邪険にされるわけではなかったが、幼いながらに、結は日頃から家に居心地の悪さを感じていた。

だから、結は家にあまり早く帰りたくなかったのだ。

家に帰っても待つ人がいない大也とは、家に居場所がないという部分で境遇が似ていて、共鳴するところがあったのかもしれない。自然と一緒にいる時間は長くなっていった。

「春田！」

学校からの帰り道、後ろから走って近づいてくる足音。振り向くとすごく一生懸命に走ってくる大也がいた。追いついた大也はぜーぜーと息が切れていて、苦しそうな顔をしている。結は足を止めたまま、大也の息が整うのを待った。

「そんなに無理しなくても」

「別に……俺の、勝手だろ」

何度か呼吸を繰り返して息が整った大也は、おもむろにランドセルを下ろすと道路の上で何やらがさがさとやりはじめた。それを結は不思議そうに見つめる。

「……これ」

やがてその中から何かを取り出した大也は、それを結にぐっと突き出した。

「何、これ」

「アメ。外国の珍しいのが家にあるって言ったら、食べてみたいって言ってただろ」

「……学校に持ってきちゃだめなんだよ」

その手のひらの上には、カラフルなパッケージでコロンとした形のアメがいくつかのっていた。それを見ながら結は呆れたように言った。

「バレなきゃいいじゃん。公園で食べようぜ」

「うん」

そうやって過ごしているうちに、気づけば大也が隣にいることが当たり前になった。

大也がいて、救われた部分はたくさんあった。

どこに行ってもつきまとう姉の影。仲良くなった友達は「ほんとにかわいいよね」「テレビに出れるんじゃない？　そしたら有名人の妹じゃん」「絶対性格もいいはずだから、優しくしてくれそう」「あんなお姉ちゃんがいてうらやましい」などと、姉を褒め称える言葉を口を揃えて言った。そして隙あらば、結から姉の情報を聞きだそうとする者も多かった。

誰も結を見ない。結を通して姉の姿を求める。それは当時の結の心に重く暗い影を落としていた。

しかし大也は、姉の話を一切しなかった。

意識してそうしている様子はなく、むしろまったく興味がなさそうだった。

いつだったか、学校の帰り道にたまたま通学路で姉とばったり会ったことがあった。

「あれ、結」

　後ろからかけられた声に振り返ると姉がいて、笑っていた結の顔から表情が消える。結はこの頃、友達といる時に姉と会うのがとても嫌だった。

　身長が伸びてさらにすらりとした体形になった姉は、とても小学生とは思えないほど大人びた雰囲気となり、容姿の良さには磨きがかかるばかりだった。

「……お姉ちゃん」

　ぼそりと呟くと、隣にいて一緒に振り返った大也が結の顔を見たのがわかった。

「今、帰りなの？　遅くない？」

　無邪気に話しかけてくる姉に対し、結は俯き加減で「クラブだったから」と短く答える。それは端から見てもだいぶ素気のないものだった。

　すると、その反応から結のリアクションは期待できないと思ったのか、姉は大也のほうへ顔を向けた。

「結の友達？　男の子なんて珍しいね」

　そう言って愛想良くにこりと笑う。姉にとってはただ口角を上げただけにすぎない行為。しかし向けられた者の心を動かすには、充分な魅力を放っていた。にもかかわらず。

「……こんにちは」

大也は不愛想にそう言っただけだった。おまけにぷいっと顔を逸らしてしまう。

この態度に姉の表情が鼻白んだものに変わる。一気に興味を失くした様子になって、何も言わずに去っていってしまった。

この当時の大也は社交性が低く、誰とでも仲良くなれるようなタイプでもなかったから、ただ人見知りをしていただけだったのかもしれない。

しかし、結の友達で姉にそんな態度を取った人は今まで一人もいなかったから、結にはひどく新鮮に思えた。

しかもその後、自分の態度が良くないものだったと気づいたのか、大也は結に対して「春田のお姉ちゃんなのに、ごめん」と謝ってきた。

それも結にとっては衝撃で。

大也にとっては、あくまでも中心は結で、付属が姉だったのだ。

大也はいつもそうだった。まっすぐな目で結を見て、結に興味をもってくれ、結だけに向かって話をする。

それがどんなに結の心を軽くしたか。自分を認めてくれる存在。大也は気づけば結にとって大切な存在になっていた。

そして二人の時間は徐々に、大也にも変化をもたらした。

段々と周囲にひねくれた態度を取らなくなるようになり、柔らかい雰囲気へと変わっていったのだ。

身なりにも少しずつ気を遣うようになり、よれよれした服は着なくなっていた。ボサボサだったヘアスタイルも整えられて、いつの間にかこざっぱりとした感じになった。

そして学年が上がった際に、大也をよくからかっていた男子たちとクラスが離れ、それを機に周囲との関係も改善された。相変わらず体形がふくよかなことに変わりはなかったが、クラスで浮くことはなくなり、結だけではなく、打ち解けた友人が他にもできたようだった。

結と大也の関係は、ずっと同じように続いた。

小学校高学年にもなると、男女であまり一緒にいるとからかいのネタになる。そのため、常に行動をともにするわけではなかったが、下校時は他のクラスメイトの目が届かないこともあってよく一緒に帰っていた。

その頃には結は大也を信頼しきっていて、彼に包み隠さずに色々なことを話していた。

その気持ちが、いつ恋に変わったのか。

はっきりと自覚はなかったが、年が上がるにつれて、たぶんそうなのだろうと結は自分の気持ちを自然に受け入れていた。

そして中学に上がる頃には、自分の思いを明確に意識していた。

つまり、大也は結の初恋相手だったのだ。

彼の体形のことは、まったく気にならなかった。大也という人間自身が好きだったから。

結が落ち込んでいるとすごく心配してくれたり、励まそうとらしくないことをしたり。彼の優しい部分とか、変に真面目なところとか、そうかと思えば時々とても不器用になるところとか。

当時はそこまでの意識はなかったが、記憶をたどればたぶんそういうところに惹かれたのだと思う。

さすがに中学生になってからは思春期に突入したこともあって一緒に帰ることはなくなったが、顔を合わせれば言葉を交わしていた。そのため、周囲からも仲がいいと認識されていたようだった。

そんなある日。大也は突然バスケ部に入り、周りを驚かせた。運動なんて得意じゃ

ないくせに、一体どんな心境の変化があったのだろうか。気になって、結も大也に聞いたことがあった。しかし、大也の返答は、

「うん、まあ……なんとなく」

といった、歯切れの悪いものだった。

すごく気になったが、その反応からあまり言いたくないのだなと察した結は、それ以上は追及しなかった。

最初、大也はあまり練習についていけていないようだった。けれど周囲に「お前なんかができるわけない」と馬鹿にされながらも一生懸命努力をする姿が、結にはとても眩しく見えた。

中学二年になる頃には、バスケ部の中でも大也の頑張りが認められてきて、また、成長期で背が伸びたこともあってほんの少しではあるが、以前よりもぽっちゃり具合が改善されつつあった。それに、顔つきにも変化が生まれていた。

とはいえ、そんな変化があってもなくても、結は変わらず大也のことがずっと好きだった。

いつか、告白したら彼もそれに応えてくれるのではないか。大也が仲良くしているのは結だけだったし、それまでの関係性からも大也に好かれている自信はあった。

だから結は、そんな淡い期待を抱いていたのだ。

しかし、それはあっけなく打ち砕かれる。

中学二年の途中で大也は結に何も言わず、突然転校をしたのだ。

彼が結に何も教えてくれなかったのは、その少し前にあったあることがきっかけで、結とは全然話さなくなっていたからだった。

そして現在に至るまで、結は彼と会っていなかった。


「結、こっち」

土曜日の午後四時。カフェの店内に入ってきょろきょろしていると、少し離れたテーブルからかかった声に、結は笑みを浮かべた。

「ごめん、待った？」

「ううん。今、来たところ」

そのテーブルには、人懐っこい笑みを浮かべたボブカットの小柄な一人の女性が座っていた。

目がくりくりとして子リスを彷彿（ほうふつ）とさせる、愛くるしい容姿。結と同じ二十八歳ではあるが、服装によってはその童顔ぶりから二十歳そこそこにしか見えない時もある。

いつだったか、居酒屋に入ろうとして未成年と間違えられ、身分証明書の提示を求められたと怒っていたことがあったぐらいだ。

そのため、なるべく大人っぽい格好をしようと心がけているようで、今日も紺のカシュクールワンピースに同系色のパンプスといった、落ち着きのある服装をしていた。大人キレイを目指していると言っていたから、おそらくそういったコンセプトなのだろう。

名前は斎藤寿葉（さいとうことは）。結の高校時代からの友人だ。正確には小学校から一緒なのだが、ことごとくクラスが違い、当時は親しくしていなかった。お互いの存在ぐらいは認識していたものの、あまり話した記憶はない。

偶然高校が一緒でその時に初めて同じクラスになり、言葉を交わしているうちに意外と気が合うことがわかってよく一緒に過ごすようになった。

高校卒業以降の進路は別々ではあったが、ちょくちょく連絡を取り合い、今でも親しくしている。

結にとっては心を許せる、かけがえのない友人だった。

今日の結は、早番のシフト。メーカーに勤めて会社員をしている寿葉はお休みの日だ。彼女にしてみれば中途半端な時間になってしまうが、結の仕事終わりで待ち合わせて食事をする予定になっていた。

「頼んだ?」

結が聞くと、寿葉は首を振った。この後は食事に行くので、ここはお茶をするだけにしようということになり、店員を呼んで注文を頼む。

まだ五月だというのに初夏を思わせる陽気のこの日、ここまで急いでやってきた結は額に若干の汗をかき、喉の渇きを覚えていた。冷たいものが飲みたくて、トロピカルアイスティーを選んだ。

「それで話したいことって?」

メッセージで前もって伝えていたせいで気になっていたのか、注文を終えると寿葉はすぐに口を開いた。話を聞いてほしかった結ではあったが、最初の一言がなんとなく言いづらくて少しだけ目を泳がせる。

それでもすぐに切り替えると、結は寿葉に視線を合わせた。

「あのさ、春田大也って覚えてる?」

「今さら何言ってんの。もちろんだよ。結の初恋兼トラウマの相手を忘れるわけないじゃない」

寿葉は結の言葉に大きく頷いた。肯定しているが、これは寿葉が直接大也のことを知っているという意味ではない。

当時の寿葉は、大也ともあまり接点がなかったのだ。大也は、ふくよかな体形で他の児童よりも目立っていたから、結よりは覚えがあったみたいだが、言葉を交わす仲ではなかった。

なので寿葉が大也のことをよく知っているのは、結が話したせいだった。

「会ったの」

「えっ……春田君に⁉」

短く言うと、寿葉は敏感に反応した。少し上擦った声になっている。

「そう。それで連絡先、渡された」

寿葉の目が驚きで見開かれる。結が以前話をしたことで、結と大也の間に何があったのかを、寿葉はすべて知っている。そのため、再会しただけではなく、連絡先まで渡されたことが結にとってどれほどの大事(おおごと)なのか、それを瞬時に理解したらしい寿葉は、小さな声で「嘘……」と呟いた。

「それで、連絡したの？」

「……それをするかどうかを、迷ってる」

「……なるほど」

額を手で押さえた寿葉は、考えを整理するかのようにせわしなく目を瞬いていたが、突然、はっとしたように結を見た。

「というか、どこで会ったの？　どうやって？」

「……うちの職場の、空港」

「空港⁉　もしかして春田君がお客さんで来た⁉」

「違う違う」

結は否定の言葉とともに、首を振った。

せめてお客様だったら、まだ良かったのかもしれない。大也の職業は、本当に驚くべきものだ。きっと寿葉も驚くだろうなと思いながら、結は寿葉に事の経緯を、順を追って説明した。

「春田君がパイロットねえ……いやびっくりした」

案の定、寿葉は散々驚いた後、妙にしみじみとした口調で感想を漏らした。

そうなってしまっても無理はないと結は思う。

結だって、死ぬほど驚いたのだ。

それぐらい、ドラマチックな再会ではあった。

大也だとわかった時の驚きを改めて思い出しながら、結は憂鬱（ゆううつ）そうにため息をついた。それに気づいた寿葉が、結をちらりと見る。

「まあ連絡するのを迷う気持ちはわからなくもないけど……結にとっては、もう忘れたい過去なんだもんね」

「……うん」

結は曖昧に頷く。寿葉の台詞には、厳密にいうと少しだけ語弊(ごへい)があった。

忘れたいのではない。

そして、すっかり忘れるなんて無理なのだと思う。

でも、もう彼に関わることで心を動かされたくはなかった。

自分に少しずつ言い聞かせて、ようやく過去と言えるところまできたのだ。たまに思い出しては気分が暗くなることはあるが、おおむね吹っ切れたと結は思っていた。考えに囚われて眠れなくなったり、心をぺしゃんこにされたりするような、あの絶望的な気持ちはもう味わいたくない。

結にとって、大也は軽い気持ちで会えるような存在ではないのだ。

できればこのまま、ずっと過去の人でいてほしかったし、そうであるはずと思って生きていた。

それがひっくり返されて、戸惑わないわけがない。

「変に掘り返されたくないよね。会えば多少は気持ちも動くと思うし、万が一、うっかり気持ちが再燃してその後で振られでもしたら、今度こそ立ち直れる気がしないの、わかるな」

「そう、そうなの」

結が言うと、寿葉は同意するようにゆっくり何度も頷きながら言葉を続けた。

「そりゃ怖いよ。しかもイケメンでパイロットなんて……絶対に気後れする。隣に並んだら周りからすごい注目されそうだし。社内での競争率も激しいんでしょ？　もし誰かに見られたりしたらまずいしね」

結の気持ちをすべて代弁するような言葉に、うんうんと結は深く頷いた。

寿葉には大也とのことをすべて打ち明けているし、彼女は結の散々な恋愛歴も実際にそばで見てきている。的を射ていて、もはや気持ちの説明をする必要もなかった。

「でも……そこまでネガティブな要素があっても、結は連絡をしないと決めているわけじゃないんだよね？」

それまでうんうんと相槌のように首を縦に動かしていた結は、そこでぴたりと動きを止めて、困ったように寿葉を見た。

こんなにすぐに、本音を見抜かれるなんて。そんなにわかりやすかったのだろうか。

そこまで、迷いが顔に出ていたのだろうか。

大也に連絡をする気はなかったはずなのに、別れ際に大也が発した言葉が耳にこびりついて離れなかった。

『連絡、待ってる』

それは意外なほどに切実な響きをもって、結の耳に届いた。

それに、あの目。そこにはある種の必死さが感じられた。まるで、すがるようだったと思うのは自意識過剰だろうか。しかし、結には大也がなんとかして連絡を取りたいと願っていると思えて仕方がなかったのだ。

(何か、理由があるのかな……)

結に、何かどうしても話したいことがあるのかもしれない。そう思うと、このまま無視することが結にはできなかった。

かと言ってすぐさま連絡をする勇気も出ない。それで結はジレンマに陥ってしまったのだ。急に寿葉を呼び出して、相談したいと思えるほどに。

「……『連絡、待ってる』って言われて。それが何か、ちょっと切羽詰まっているような感じがしたの。だからこのまま無視するのも……」

「ま、たしかに後味悪いよねえ」

そこでオーダーしたトロピカルアイスティーが運ばれてきて、結は頷きながら意味もなく、グラスの中の氷をストローで動かした。

「一回だけ」

「え？」

不意に発せられた言葉に結は顔を上げた。見れば寿葉は意味ありげに人さし指を立てている。

「一回だけ、連絡してみたら？　それで電話に出なかったらそれまで。出なかったとしてもとりあえず連絡したんだから約束は果たしてるわけだし、自分の中で言い訳も立つ」

「一回だけ……」

結は寿葉の言葉をなぞるように呟いた。

そして、そこで気がついたのだ。

どこかほっとしている自分がいることに。

自分は、誰かに背中を押してほしかったのではないかと。

付き合いの長い寿葉は結のそんな心情をくんで、結がのりやすいであろう提案をしてくれたのだ。

「ちょっとでも迷ってるんなら、とりあえずかけてみたら？　ずっともやもやしてるのも嫌じゃない？　それにほら、こういうのって時間が経てば経つほど、連絡しにくくなるものだし」

重ねられた言葉に、結は無言で大きくこくりと頷いた。そしてテーブルの上に置いていたスマートフォンを手に取ると、立ち上がった。

「ごめん、そうと決まればさっそく電話してきていい？　今ここで勢いのあるうちに電話しないと、時間置いたらまた躊躇いが生まれちゃいそうで」

「もちろん。頑張ってね」

「寿葉。本当にありがとう」

そこであ、と気づいて、バッグの中から財布を取り出した。

そこに、大也の名刺を入れていたのだ。

財布を開いて大也の名刺を取ると、スマホとともに手に持ち、結はいったん店を出た。

第三章

（やっぱり、電話しないほうが良かったかもしれない……）

初めて電話をかけてから、二週間後。結は駅を出たところで人を待ちながら佇んでいた。

周囲には仕事帰りの人や学生がせわしなく行き交っている。ここはいわゆるターミナル駅で、大きな駅ビルや飲食店が立ち並ぶエリアも点在していることから、帰宅ラッシュを終えても駅前にはかなりの賑わいがあった。

結局、あの時大也は電話に出なかった。

勢い込んでいた結としては、肩透かしを食らった気分ではあったが、どこかほっとしていたところもあった。

自分では平静を装っていたつもりであったもののかなり緊張していて、スマホを握る手がぶるぶる震えていた。そんな中、大也が電話に出たとしても、頭が真っ白になってきっとろくに話せなかっただろう。

そう思って、その時は寿葉と食事をして帰り、その後も何もしなかった結であったが……次の日に、大也から折り返しの電話があったのだ。

しかし、あいにく結は勤務中でそれには出られなかった。

パイロットはフライトに合わせて勤務が組まれていて、かなり変則的だと聞く。一方の結も早番だったり遅番だったりと、決まったスケジュールではない。二人のタイミングが合うというのは、約束しない限りなかなか難しいことなのかもしれないと、その後も何度かかけてくれた大也の着信履歴を見ながら結は思った。

しかし、とうとうその時がきた。

結が勤務を終えた帰宅途中に、大也から電話があったのだ。結が出られる初めてのチャンスだ。心臓がバクバクと音を立て、緊張で指先が急速に冷たくなっていく。結はかなり迷ったが、何度も電話をくれる相手に対して無視することができず、結局は出た。

結がおそるおそる「もしもし……」と言って応答をすると、ほっとしたような声が返ってきた。

『良かった。やっと繋(つな)がった』

あの頃とは違う、ハリのある低い声。

それに動揺してしまった結は最初のうち、自分でも何を言っているのかよくわからなかったし、相手の話もまったく頭に入ってこなかった。

煩いぐらいに高鳴る心臓が、結の思考力を奪っている。

しかし、少しずつだが落ち着きを取り戻し、ようやく会話らしきものがはじまった直後、大也はとんでもないことを言いだした。

『積もる話もあるし、どこかで会って話したい』

これに結は動揺した。

会うのは絶対まずい。本能的にそう思った。

「う、うん。今度会いたいね。今ちょっと予定がわからないから、また……」

だからそんなふうにとっさに言葉を濁して電話を切ろうとしたが、大也はそれをさせなかった。『待って』と呼び止められ、少しの時間でもいいからと『わかる範囲でいいから予定を教えてほしい』と食い下がられ、結局結は押しきられるように会う約束をしてしまったのだ。

それが、今日である。

結は落ち着かない素振りであたりを見回した。心臓が速いリズムを刻んでいるのがわかる。相当に緊張していることは自覚していたが、自分ではどうにもできなかった。

(うう、緊張しすぎて心臓が痛い……今からこんなんでもつのかな?)

自分の服装を見下ろして、どこかおかしいところがないか、最終チェックをする。

白のシャツにワイドシルエットの黒パンツ。パンプスのヒールは低め。かわいすぎず、それでいてラフすぎない、ちょうどいい塩梅を狙ったコーディネート。悩みに悩んで決めた組み合わせだった。

「春田！」

その時、思っていたのとは違う方向から名前を呼ばれ、結は慌てて振り返った。

（わ……）

そしてその姿を見て、さっそく怖気づいた。

手足が長く、すらりとした体躯（たいく）の大也は嫌でも目立っていた。その上、爽やかで整った顔立ち。大也の近くを通った女性がちらちらと彼に目をやるのを見て、結は憂鬱な気分になった。

（並んで歩いて大丈夫かな……釣り合わないとか思われちゃいそう）

空港で再会した時とは違い私服だったが、パイロットの制服を着ていなくても大也は充分に格好良かった。

濃いデニムのパンツとTシャツにカジュアルなジャケットを羽織っただけのシンプルなコーディネートだったが、モデルのように見える。

「ごめん、待った？」

「ううん。全然」

急いで来たのか、大也は少し息が乱れていた。

実は今日、結は仕事が休みだった。

大也は夜の七時ぐらいに終わるというので、それに合わせて、八時に二人の自宅のちょうど中間ぐらいにある駅で待ち合わせをしていた。

結は通勤を考えて、空港に比較的近いエリアに住んでいるが、それは大也も同様で、二人の自宅は意外と離れていなかったのだ。大也は勤務が終わった後、一度荷物を置きに家に帰るというので、待ち合わせをしやすい場所を選んだ結果だった。

「夜ご飯、食べた？」

「ううん、まだ食べてない」

結がぎこちなく答えると、大也はにこりと笑った。

「そっか。俺も食べてないからどこかお店に入ろう。何か食べたいものある？」

「……と、特にないから合わせる。なんでもいいよ」

結はうまく動かない表情筋を頑張って動かして、できる限りの笑みを浮かべた。自分でもびっくりするほど受け答えがぎこちなく、とてつもなく硬いのがわかる。

まるで、錆びついたロボットになったみたいな気分だった。

結は大也を前にして、今までにないほど緊張していた。

(今の言い方。感じ悪かったかも……)

言って後悔したが、今の結に気の利いた会話など到底無理だ。会話の仕方がわからなくなるほど、頭が回っていなかった。

しかし、大也は結のそんな態度を気にした素振りもなく、爽やかな笑顔を向けた。

「じゃあ、俺に任せてもらってもいい？　時間も時間だし飲みながら色々食べられるところがいいかな」

「う、うん」

頷くと、ごく自然に進む方向にエスコートされ、結は大也と並んで歩きだした。近くもなければ遠くもない絶妙な距離感で、大也が結に配慮してくれているのが感じられる。

(やっぱり……相当慣れてるよね)

こんなにイケメンでパイロットなのだから、きっとお相手は選び放題だろう。

つまりこういったシチュエーションなんて、腐るほど経験してきているはず。

今まで一度も彼氏がいたこともなく、男性との接触といえば、友人が紹介してくれた男性と数回だけデートらしきものをしたぐらいしか経験のない結とは、踏んできた場数がきっと違うのだ。

結はちらりと大也を盗み見た。やっぱり今隣にいるこの男性が、あの大也だなんてどうしても信じられない。

（さすがにここまできて違う人ってことはないだろうけど、あまりにも変わりすぎているから……こうなってくると、もはや別人だよね）

ここで一つ、はっきりしたことがあった。

もう、あの頃のままの大也はいないのだ。

きっとそれは、見た目のことだけではないだろう。

色々な経験を経て、人は変わっていく。結だってあの頃のままとは言えないし、それはごく自然なことだ。それだけ時が経ったということなのだろう。

（もしかすると……いいきっかけだったのかもしれない）

別にそこまで考えて、今日ここに来たわけではなかった。

だが、こうやって再び会えたのは、そういう巡り合わせだったのかもしれないと結はふと思った。

きっと現実を見る時が来たのだ。

結は心の中で自身に言い聞かせるように、そう呟いた。

大也が選んだのは、衝立や壁で区切られ、テーブルがそれぞれ半個室になっているタイプのダイニングバーだった。ウッド調のインテリアで統一された店内は間接照明で柔らかくライティングされ、おしゃれで落ち着いた雰囲気が漂っている。

「普段、お酒はそんなに飲まない？」

手渡されたメニューを前に結がまごついていると、大也がフォローするように結に優しく話しかけてきた。

「飲むのは嫌いじゃないけど、あんまり強くないから」

「そうなんだ。俺も普段からあまり飲まないようにしてるから、ちょうどいいかも」

軽く身を乗り出した大也がこちらのメニューを覗き込む。不意に少しだけ縮まった距離に、結は思いがけずどきりとしてしまった。

しかし大也は特に意識している様子もなく、好みを聞きながら「じゃあこれと、これなんかが飲みやすいよ」と結のメニュー選びを手伝ってくれた。

その上、こちらも結の好き嫌いに配慮しながらフードを決め、最終的にはてきぱきと注文までやってくれたのだった。

そのまったく押しつけがましくないスマートで自然なリードに、結はただただ感心する。

余裕のある大人の男性というのはそういうものかもしれないが、いかんせん結はそんな男性と二人で会う機会を経験したことがない。こういう時の対応もわからずに、ただ流されることしかできなかった。

すぐにドリンクが運ばれてきて、二人で軽く乾杯をする。

「飲まないようにしてるのは、やっぱり職業上……？」

なんとなく気になって疑問を口に出すと、大也はどうしてだか、目を瞬いた後で嬉しそうに笑った。

「そう。フライトの前日に飲まないのは当たり前なんだけど、それ以外でもなるべく控えるようにしてるんだ。お酒は健康だけじゃなくて、メンタル的にも色々な影響が出る場合があるから」

「そうなんだ。普段から大変なんだね」

「まあね。でも、なりたくてなった仕事だから」

「うん」

知っている。

あの公園で、小学生の大也が結に話してくれたから。

それに大也はいつも空を飛ぶ飛行機を見ると、キラキラした瞳で見ていた。視界から消えるまでずっと目で追って、時には公園の草の上に寝転んだままそれを見ていることもあった。

「……ふ」

その時のことを思い出し、つい口元を綻(ほころ)ばせてしまった結は直後、はっとなった。

(何、思い出し笑いしちゃってんの！　いきなり笑ったら不気味だから！)

とっさに口元を手で覆いながらも、焦りで頬が熱をもつ。結はどう誤魔化そうか考えながら視線を泳がせた。

「今のって、もしかして思い出し笑い？」

「……そう」

ずばり聞かれて、下手に誤魔化さないほうがいいと判断した結は、観念したように頷いた。そんな結を見て、大也がくすりと笑う。

「何、思い出してた？　春田って昔もそういうの多かったよな。ちょっとしたこと、はっきり覚えててさ」

「そんなこと、よく……覚えてるね」

「うん。覚えてるよ。前の日に観たテレビの内容とかも細かく記憶しててさ。これが面白かったとか俺に教えてくれながら、ずっと笑ってたりして」

懐かしむように目を細めながら、大也はまるで昨日見てきたかのようにすらすらと話した。

それに結は驚く。まさか大也が小学生の時のことを、こんなに覚えているなんて思わなかったからだ。

もう、すっかり色褪せてしまった、もしくはとっくに忘れられた記憶だと思っていたから。

「ハルは……あ、ごめん。もう春田じゃないんだよね」

つい小学生時代からの呼び名で呼んでしまい、結は誤魔化すように笑った。

先ほどのような懐かしい話をされると、つい昔のように接してしまいそうになる。

しかし、今の関係性を考えるとあまり慣れ慣れしくするのもおかしい気がして、結は先ほどからずっと態度を決めかねていた。それで、どこかちぐはぐな対応になってしまっているのだ。

「今は、緒方さん……なのかな?」

「いいよ、ハルのままで。春田に緒方さんって言われるのも、なんか慣れないし」

「……うん、じゃあそのままで」

春田とハル。

名字がかぶってしまっているし、お互いを「春田さん」と呼び合うのもおかしい。だからなんとなくそう呼ぶようになり、それがそのまま定着した。結はずっと大也のことを「ハル」と呼んでいた。突然、大也が転校したあの日まで。

「そういえば……名字が変わった理由って、聞いてもいい？」

そこで結は話の流れに乗じて、ずっと気になっていたことを口に出した。不躾な質問かとも思ったが、触れないのも変な気がしたので、思いきって聞いてみた。

「まあ、ありきたりな話だけど、両親の離婚。中二の時に転校したのも、それが理由だった」

さらりと言った大也は、そこで結の反応を確かめるかのように、グラスに落としていた視線をすっと上げた。

思いがけず二人の視線が絡んで結はどきりとする。瞬間、思わずぱっと視線を外した。そうするつもりはなかったが、なんだか大也の目を見ていられなくなって反射的に動いてしまった。

「そう、だったんだ。そうじゃないかと思ってた」

ぎこちなくなった言葉を誤魔化すようにグラスを手に取った結だが、そのまま沈黙することができずに、言葉を続けた。

「なんで……」

そこで自分が言おうとしていることに気づき、はっとする。慌てて口をつぐんだ。

――なんで言ってくれなかったの。

今さら、そんなこと言ってどうなる。もう終わったことだ。

どうして大也が転校したのか。

当時、『親が離婚したらしい』という噂も聞いたことがあるにはあったように思うが、人づての話はいまいち信憑性がなかった。だから結自身もあれこれ想像を巡らしたものだったが、それも過去の話。その時の感情を今ぶつけても仕方がないし、何かが変わるわけでもない。

そもそも「なんで言ってくれなかったのか」なんて、おこがましい気持ちだ。

自分たちは、言うほどの関係ではなかったのだろう。

それに、当時の自分の態度に思い当たる節もある。大也だけを責めるのは筋違いだった。

「なんでって、何が?」

途中で言葉を途切れさせたのを不審に思ったのか、見れば不思議そうな顔で大也がこちらを見ている。結は慌てて口を開いた。

「な、なんでもない。それでハルはご両親のどちらかについて引っ越したってこと？」

「そうだよ。アメリカに」

「アメリカ……」

これに結は少なからず驚いた。

当時、結と大也はクラスが離れていて、大也が転校したのを知ったのは友達伝いだった。

しかも大也は夏休み中にいなくなったため、クラスメイトも詳しい事情は知らされなかったみたいだった。大也と仲良くしていた男子に聞けば、もしかしたらもっと詳しいことを知れたのかもしれない。

しかし当時の結にとっては、あまり話したことのない男子に大也のことを聞くのはハードルが高かった。

人伝いに聞いた話では、『飛行機で行かなくちゃいけないぐらい遠いところに引っ越した』だったので、結は北海道か九州・沖縄あたりにでも引っ越したのだと思っていたのだ。

それが、まさかアメリカだったとは。

「母親がハーフなんだ。アメリカと日本の。祖母がアメリカ人で、祖父が日本人」

「え、そうなの!?」

初めて聞く話で、結は目をみはった。

当時は気づかなかったが、たしかに今の大也の顔を見れば、彫りが深く少し日本人離れをした整った顔をしていることがわかる。また、背も平均的な日本人よりずっと高く、クォーターと言われてみれば、だからなのかと今さらながらに頷けるところはあった。

そういえば大也の母親は家にいることが少なく、結は会ったことはなかった。そのため、どんな人物なのかをまったく知らなかった。

「うん。母は小さい頃アメリカに住んでいて、その後、両親と一緒に日本に来たんだ。祖父母はアメリカにまた戻ったけど、母はその頃にはもう日本で働いていて。だから日本に残って、そのあたりで父と出会って結婚した。まあでも結局、離婚をして。それで、自分の両親である祖父母を頼って、俺を連れてアメリカに行くことを決めたんだ。一人で俺を育てる自信がなかったんだろうね。日本でも仕事を理由に、あまり家にいなかったし」

「……そうだったんだ」

　結は複雑な心境を押し殺して、暗くなりすぎないようトーンに気をつけながら相槌を打った。

　当時、本人はそのことを口にしなかったが、結は大也の家が、何か他の家とは違う雰囲気だということには気づいていた。

　いつも家にいない両親。

　放課後を常に一人で過ごしていること。

　何度か家に行ったこともあったが、たくさんのお菓子がテーブルにあって、もしかして、ご飯は全部お菓子なのかと驚いたこともあった。

（あの環境はハルにとっていいものじゃなかっただろうから、離婚で環境が変わって……結果的には良かったのかも）

　結はあからさまにならないようにさりげなく大也を見た。内心までは窺い知れないが、その顔は自信に満ちていて、充実した人生を歩んできたように見える。

　あの頃の大也は少し自己評価が低いところがあったから、アメリカでの生活が彼に自信をもたせてくれたのかもしれなかった。

「こっちに戻ってきたのは、就職のため……？」

「そう。大学までは向こうだったんだけど、就職は日本でしたかったから。だめもとでこっちのエアラインの自社養成プログラム採用試験を受けたら、採用されたんだ。それでパイロットに。運が良かったよ」

「運だけでなれるものじゃないよ。ハルが優秀だから……」

航空会社の自社養成枠は毎年、とんでもない倍率だ。

ただ勉強ができるからといって通るわけではないというのは、有名な話だった。パイロットへの適性や英会話はもちろん、判断能力や責任能力、コミュニケーション能力、それに厳しい身体検査。すべてをパスする必要があり、人柄も重視される、狭き門なのだ。運なんてとんでもなかった。

「そうやってなんでも真面目に返してくれるの、変わらないね」

「……え？」

「いや、春田はあまり変わらないなあって」

何を言われたのかわからなくて聞き返した言葉にそう答えられて、結は苦笑いを浮かべた。

「それって、中学生からあんまり成長してないってこと？」

十年以上経つのにあまり変わらないと言われるのも複雑だ。大也自身は悪い意味で言っているわけではないとわかってはいるが、つい口からそんな言葉が突いて出た。

大也は少し驚いたような顔をした後、ふっと笑った。

その顔に結はどきっとしてしまう。なぜなら、すごく優しい顔——例えるならまるで愛しい人でも見るような、そんな顔つきで大也が笑ったから。

「ごめん。そういうつもりじゃないんだ。悪い意味じゃない。ただ、変わってないところを見れたから、嬉しかったってだけで。もちろん年相応に大人になっていると思うよ」

「ふーん……」

どきどきする鼓動を隠すかのように、結はふいっと目を逸らしてテーブルの上のグラスに口をつけた。大也が選んでくれたオレンジ色のカクテル。柑橘系の爽やかな味が口の中に広がる。少し考えた後で結は口を開いた。

「ハルは変わったよね」

「え？　そうかな。まあ当時に比べたら痩せたしね。あの頃は太ってたから。それに身長もけっこう伸びたし」

「それだけじゃなくて……」

言いながら結は改めて大也を見た。

祖母がアメリカ人と聞いて、結は今さらながらにそういえばと合点がいくことがあった。

大也の髪と瞳の色だ。色素が薄く、どちらも茶色がかった色をしている。当時もその髪に陽の光が当たると、透けてキラキラとして見え、きれいだなと思っていたからよく覚えていた。

(気づかなかったけど、きっともともと整った顔立ちをしてたんだろうな。私だけが思っていたことかもしれないけれど、あの時から笑うとかわいかったし)

渡米後、どのあたりで痩せたのかはわからないが、パイロットでなくてもこれだけのイケメンであれば、きっと周囲の評価も日本にいた時とは違ったものになっただろう。

それが、大也の性格や立ち振る舞いにも影響を与えたに違いない。

もともと大也はよく本を読んでいたし、テストの成績もいいほうだった。それに細かいことに気がつく、優しい性格だ。そこに見た目の良さが加われば周囲の反応もまた違ったものになることは想像がつく。

あの頃にはなかった大也から出る落ち着いた振る舞いと余裕のある雰囲気が、結にそう思わせた。

「なんていうか、だいぶスマートになった。あ、体型の話じゃなくてね。たぶんモテるんだろうなあって感じ。いちいち余裕あるし。ピュアな少年からモテ男に変わっちゃった？」

「え、誤解じゃない？　俺、そんなにモテないよ」

冗談めかして言うと、大也は驚いたように目を瞬いて、顔の前で手を振った。

「嘘ばっかり。パイロットがモテないわけないじゃない。それに私、聞いたよ。ＣＡの人、何人か振ってるって」

「いやそれは」

一瞬言葉に詰まった大也は、困ったなというように声を途切れさせた。それで結はその話が本当であることを悟った。

相変わらず、こういう時の大也はわかりやすい。図星を突かれると、ほんの数秒だがぐっと黙ってしまう癖があった。

「やっぱり噂は本当なんだ」

「……社交辞令だよ。今度食事しませんか、とかそういうの。まあ基本行かないけど、予定が合わないからって断ったら、俺が振ったみたいな噂が立っちゃって。別に付き合ってほしいとか、向こうもそういう感じじゃなかったのに、話が大げさになっただけ。だから実際モテてるかっていうと、そうでもないと思う」

少し早口でまくしたてるように話す大也を見て、結はくすりと笑った。一生懸命弁解するような姿に、記憶の中の彼が重なる。

(……やっぱり、変わってないかも)

昔の彼とあまりにも違う姿になっていたから、もうあの頃の大也はいないのだと自身に言い聞かせてこの場に来た。

だけど、大也は大也だ。

焦った時、表情には出ないのに少しだけ早口になる癖が大也にはあった。

あの頃と変わらない二つの癖を目の当たりにして、今、その事実が結の心に実感を伴って迫った。

もちろん年月を経て、変わった部分、大人になった部分もあるが、ベースには結が覚えている記憶のままの大也が残っている。こんな時にさらりとかわさず、狼狽えて言い訳めいたことを言う彼を、結は好ましく思った。

「なんで笑うんだよ」

「別に『モテてる』でいいじゃない。悪いことじゃないでしょ。なんでそんなに否定するのかなって」

「……誤解されたくない。痩せて人間変わったとかも思われたくない。……俺、けっこう割とそのままな気がするけど。なんならピュアのままだし」

「ぶっ」

最後の言葉に結は思わず軽く噴き出してしまった。そういえば、大也は昔から、たまに変な冗談を言ったりすることがあったかもしれない。そんなことを思いながら、笑いを噛み殺す。

「そんな、噴き出さなくても」

「だってハルが変なこと言うから……」

なんとか堪えようとしたが堪えきれず、結は「あはは」と声を出して笑った。

最初にあった緊張はすっかりほぐれていた。結はいつの間にか、自分がかなりリラックスしていることに気づく。

（こんなに楽しいと、まずいかも……）

ちらりとそんな考えが頭を過った。

また、昔と同じ道をたどりたくはない。

けれど、大也と過ごす時間は本当に楽しかった。ずっとこの時間が続けばいいと思うほどに。異性と二人で出かけて、こんな感覚になるのは初めてだった。

二人は離れていた時間を埋めるがごとく、その後も色々と話をした。

途中からお酒をやめてソフトドリンクに替えても、話はつきなかった。

大也は訓練やフライト中のことを、結に聞かれるがままに詳しく話してくれた。自分の立場では知り得ないことばかりで、結はそれを大変興味深く聞いた。大也は話し上手で、それだけでも時間はあっという間に過ぎた。

そして、気づけば時刻は十一時を越えていた。

「時間大丈夫？　今、十一時過ぎたところだけど」

会話が途切れたタイミングで腕時計に目を落とした大也にそう言われて、結ははっとした。

（え、もうそんな時間!?）

八時に待ち合わせをしてすぐ店に入ったから、かれこれ三時間が経過したことになる。結は時間が流れるその速さに驚いた。

「明日は仕事？　早い？」

「遅番だからそこまで早くはないけど……。ハルは休み？　あ、でも今日はフライトだったから早く帰って休んだほうがいいか」

「そう、俺は明日休み。まあ今日は二便だったし、そこまで疲れてないから俺は別にいいんだけど。春田は明日仕事なら、そろそろ引き上げたほうがいいか」

頷きながら、結は自分が、この時間が終わることにがっかりしていることに気づいて、少々動揺した。

（まずい……非常にまずい）

自戒していたつもりなのに、あっさりと流されている。すごく警戒して今日ここに来たのに。会って少しだけ話したら、速攻で帰ろうと思っていたのに。

お会計は、結の知らない間に大也が済ませていた。結は半分を自分で払おうと思っていたが、大也は頑として受け取らなかった。しかも外に出ると、タクシーを呼んでいると言った。

「まだ電車があるからいいよ。私、電車で帰るよ」

「だめだよ。何かあったら心配だし、タクシーで送る」

「大丈夫だよ。ここからだと別方向だから、ハルが遠回りになるよ。あ、じゃあ私、自分でタクシー捕まえて乗って帰る。だからハルが呼んだほうは、ハルが乗って帰って？」

「それも却下。俺が誘ったし、最後まで責任もちたい」

こうなってしまうと、昔の大也ならもう決して後には引かなかった。

どうやらそれは、今も同じらしい。たぶん何回言っても答えは変わらないだろう。

だから結も説得は諦めて、ありがたく大也の申し出を受け入れることにした。

「わかった。わざわざごめんね」と言うと、大也はわかりやすく相好を崩した。結の頭に手をのせると、子どもにするみたいにポンポンと優しく叩く。

「春田が謝ることじゃない。俺がそうしたいんだから」

「も、もう。何この手？　子ども扱いしないでよ」

結の頬が熱をもつ。子ども扱いというよりも、急に彼女にするみたいな扱いをされて、恥ずかしくなってしまったのだ。

（……それに、あんなふうに笑うなんて反則）

それともう一つ、結の鼓動を速くさせることがあった。

大也は小さい頃から、機嫌がいい時に顔をくしゃっと崩して笑っていたのだ。

よく覚えている。

その笑顔が、好きだったから。

今もそうやって笑う大也に、結はなぜかひどく安心した。

（笑い方って、いくつになっても変わらないのかな）

そんなことを考えていたからだろうか。

気づけばタクシーを待って並んで立っている二人の距離がかなり近くなっていて、すぐそばから大也に顔を覗き込まれていた。

「うわ。な、何？」

「何、じゃないでしょ。俺の話、聞いてた？」

「ご、ごめん。なんだった？」

どうやらぼうっとしていて話を聞き逃してしまっていたらしい。そのことに気づいた結は、慌てて謝った。

「いやだから、またこうやって会えないかって」

「えっ」

突然のお誘いに結は思わず固まってしまった。

たしかに今日は楽しかったが、先のことは考えていなかった。むしろ、会う前は一回きりのことだと思って来たのだ。何度も連絡をくれたので、大也は自分に何か用事があるのかと思っていた。

けれど今日の大也の様子を見るに、本当に、ただ単に〝積もる話〟がしたかっただけらしい。だとすると、その目的は一応達せられたようにも思えた。

「なんだよ、その反応。なんでそんなにびっくりしてんの」

「え……いや」

なんと言おうかと困って結は視線を彷徨わせた。嫌じゃない。嫌じゃないけど、だけど。

「もう会うつもりはないってこと？」

そう言った大也の顔を見た時、結の心は揺れた。雰囲気が悪くならないように配慮してくれたのか、冗談めかしたような軽い口調だったが、正面きって断れるほど、結の心は強くなかった。

「ううん。そうだね。また時間が合う時に」

気づけば口から勝手にそんな言葉が零れていた。取り繕うように笑みを浮かべると、心なしか大也がほっとした顔をしたような気がした。

「あのさ、俺」

「ん？」

少しだけ沈黙があった後、迷うような表情で大也が口を開いた。しかし、待っていても言葉が続いてこなくて、結は不思議に思って大也を見た。

大也は何かを言いあぐねているのか、困ったような顔をしていた。

「いや……ごめん。なんでもない」

そう言われて、少し肩透かしをされたような気分になる。頷いたほうがいいのか、突っ込んだほうがいいのか、結は少し迷った。

そこに、まるでタイミングを見計らったかのように、二人の前にタクシーが止まった。「来たね」と言った大也に促されるように、結はそちらに足を向けた。

(なんであんなこと言っちゃったかなあ……)

その日、勤務を終えた結は帰宅をして家でゴロゴロしていた。

早番だったので、今はまだ夕方だ。

部屋の中がゆっくりと暗くなっていくのを感じながら、見るともなしにスマホの画面を眺める。

大也と会った日から、二週間が経過していた。しかし依然として、結の心の中はそのことで占められていた。

いくら追い出してもまた戻ってくる。そしてため息、後悔。

結はスマホを操作して、昨日届いた大也からのメッセージを画面に表示させた。

【来週あたり、一緒に食事どう?】

そこには続いて、大也の休みの日が付け加えられてある。それを見て、結はまたため息をついた。

（どうしよう……）

その時、タイミング良く手に持っていたスマホがブーブーと振動して、結は肩を揺らした。

「びっ……くりした」

おそるおそる画面を見ると、寿葉の名前が表示されている。結は通話にすると、スマホを耳に当てた。

「もしもし？」

『あ、もしもし？　今、何してる？』

「家にいるけど」

『やっぱり？　なんか早番って聞いてた気がしたからさ。あのさ、この前話してた、新しくできたスパの割引チケットをたまたまもらったから、良かったら一緒に行かないかと思って』

「え、すごい。行きたい」

『行こ行こ。土日休みの日ある？』

「ちょっと待ってね」

結はスマホを耳から離すとスケジュールを管理しているアプリを開いて自分のシフトを確認した。それからまた電話に戻り、寿葉と空いている日を確認し合う。ところがなかなか予定が合わず、結はうーん、と困った声を出した。

「来月かなあ……。ごめんね。いい日がなくて」

『別にいいよ。結のせいじゃないし。……ね、それよりさ、何かあった？』

「え？」

突然の指摘に、結は思わず真顔になった。自分的には何かを態度に出しているつもりはなくて、どうしてそう問われたのか、ハテナマークが頭に浮かぶ。

『なんか、電話の向こうでため息多いなーって。悩みごと抱えてるって声してる』

「……ごめん、出てた？」

そんなつもりは結には一切なかったが、どうやら無意識に出ていたらしい。きっとスケジュールを見ていたあたりだなと、結には思い当たることがあった。

あの時、大也のことをちょっと思い出してしまったから。

『……春田君のこと？　この間、会ったたって言ってたよね』

どうやら寿葉はすべてお見通しだったらしい。隠しておくつもりもなかったので、結は観念したように目を伏せた。そして少し間を置いてから口を開く。

「……そう。実はちょっと悩んでる」

本当はちょっとどころではないのだが、結は深刻にならないように、わざと冗談めかしたトーンで言った。

『何かあったの？　会ったらすごく昔と変わってたとか』

「ううん、変わってなかった。だから困ってる」

『……当時の気持ちが蘇りそうだから？』

穏やかな声で言われて、結は溢れるものを押しとどめるように額に手を当てた。

意識的に、ぎゅっと目を閉じる。

そして二度三度、息を吸っては吐くを繰り返した。まるで気持ちを落ち着かせるように。

「……そう。ずるいんだよ、反則なの。すごく格好良くなってるのに、中身はちゃんとハルなんだもん。あんなの、困るよ」

結は溜め込んだものを吐き出すように口調を強くした。口にすれば幾分かすっきりしたような気もしたが、今まで避けていたものを目に映してしまったような気持ちにもなった。

「これきりにしようって思ってた。なのに別れ際に、また会おうって言われて。昨日メッセージも来て。断るのも気まずいけど、これ以上会うのはやめたほうがいいって思って。でも……」

まるで子どもみたいにまくしたてるようにわーっと言った後、結は不意に言葉を途切れさせた。そして「はあ」と息をつく。

結局、こうなる。長い時間をかけて吹っ切ったはずなのに。せっかくうまくやっていたのに。

たった一回会ったぐらいで、なんてことだろう。

結はなんとも言えないやりきれない気持ちになっていた。だから、会ってはだめだったのに。

あのことが、いつまで経っても忘れられない。

きっとあれは、結にとっては裏切りに近いことだったから。

当時の結は、大也を信頼しきっていた。心を許し、本心を見せていた。だからこそ相当のショックを受け、傷つき、いつまでも癒えないどころか、その後の恋愛に影響を与えるほどのトラウマに近い傷となって残り続けた。

フラッシュバックするように記憶が蘇る。忘れようと、どんなに頑張っても忘れられない過去が。

＊＊＊

あれは中学二年生の七月頃。夏休みまで、あと少しという時期だったからはっきりと覚えている。

その頃結はバドミントン部に所属していて、放課後はだいたい部活だった。大也もバスケ部に所属していたため、たまたま時間が合った時は一緒に帰ることもあった。

当時、周囲からも二人は仲がいいと認識されていたように思う。いちいち説明したり変な勘ぐりをされるのも嫌なので、結は大也を『幼馴染(おさななじ)みなんだよね』と友人に言って、周りの目を気にはしつつも、学校でも顔を合わせれば大也と話していた。

その日、結は一度部活に出たものの、教室に縄跳びを忘れてきたことに気づいた。

体育館は屋内競技の部活が持ち回りで使用していて、使用日ではない日は外で基礎トレーニングを行うことになっている。主にランニングや縄跳びをするのだが、結はその日が基礎トレーニングの日だと失念しており、うっかり縄跳びを持参せずに行ってしまったのだ。

既に部活ははじまっていたので、結は小走りにがらんとした教室に戻った。自身のロッカーから縄跳びを取り出してまた教室を出る。急いで廊下を進んでいた、その時だった。

何人かの男子たちの話し声が前方の教室から聞こえてきた。どうやら、残っている人がいるらしい。そこで、結はその教室が大也のクラスだということに気づいた。気を取られて、無意識に歩くスピードが落ちる。なんとなく、耳をそばだてた。

「うるさいなあ……そういうのやめろよ」

周りの男子たちと比べると、少しだけ高い声。大也はまだ声変わりをしていなかった。口調を強めると少し甲高くなる癖があったため、結はその声が大也だということにすぐに気づいた。

「いーじゃん。素直になれよ。バレバレだよ、お前」

「だから、そういうんじゃないって言ってんだろ」

（……怒ってる？）

大也の声は少し苛立っているように感じた。もしや何かトラブルになっているのではと心臓がぎゅっ、と縮むような不安感を覚える。その教室のドア近くまで来た結は足を止めると、姿が見えないようにドアの陰に身を潜めながら、ハラハラとした気持ちでそっと中の様子を窺った。

「だから春田のこと好きなんだろ。見てればわかるって」

（え、私？）

まったく予期しないタイミングで自分の名前が出てきて、結は身を潜めている場所で一人、息が止まるほど驚いた。

それと同時に、その内容に顔が一気に熱をもつ。もしや大也はからかわれているのではないか。結と仲良くしているから。それで怒っているのでは。

（え……嘘。どうしよう）

どうにかできる立場ではないが、一人であわあわしてしまう。そして、今ここに自分がいることがばれたら大変なことになるのではないかと気づいて、結はぎゅっと身を縮めた。出ていくことはもちろんできず、かと言って立ち去ることもできないで、息を詰めて事の経緯を見守るしかない。

正直なところ、その時の結は、自分は大也と両想いではないかと思っていた。

けれど両想いであったとしても、こんな人前で大也は自分の気持ちを大っぴらに言ったりはしないだろうと思った。

きっと、大也は否定するはず。

だからもう結としては、大也を取り囲む男子たちに対して「そんなことをいちいち突っ込むな」「余計なことをやってくれるな」という気持ちになっていた。

「だから違うって。春田の迷惑になるからやめろ」

大也はきっぱりと言った。それを聞いた周囲が色めき立つ。どうやら結を庇(かば)おうとしてくれているらしい。その優しさに胸がきゅっと締めつけられるような心地を覚えた。

「春田、庇ってんじゃん。それって認めたと同じじゃねえ？　ほらもう告っちゃえよ。春田もなんか、お前と嬉しそうに話してるし。いけるって」

その男子のからかうような口ぶりに、結は急に大也のことが心配になった。大也は今、一体どんな顔をしているのか、無性に気になった。

結は慎重に顔をずらして、教室内を覗き込んだ。よく見ると、教室には大也を含めて四人の男子がいる。他の二名もニヤニヤとした顔をして「そーだよ」「言っちゃえ言っちゃえ」などと便乗して囃すようなことを言っている。結は胸の中にあった不安と憤(いきどお)りが一気に膨らむのを感じた。

(なんなの、あいつら。友達じゃないの!?)

大也の顔は、結の位置からだとちょうど背を向けていて見えない。腹立たしさを抑えながら固唾(かたず)を呑んで見守っていると、大也がはーっと息を吐いた音が聞こえた。

「……わかった。本当のことを言うよ。お前ら絶対、誰にも言うなよ」

その言葉が耳に届いた瞬間、えっと声が出そうになったのを結はすんでのところで堪えた。

思わずごくりと唾を呑み込む。もしや、今、ここで、言うつもりなのか。

(やめたほうがいい！　何を言っても、絶対からかわれるでしょ！)

そう思ったが、結が飛び出していって止めるわけにもいかない。気づけば結はぎゅうっと手を握り締めていた。

どっどっどっと心臓が速いリズムを刻む。無性に恥ずかしくて、できれば耳を塞いで聞きたくない気分だった。しかし、まるで接着剤でくっつけられたかのように、足が動かない。

「俺が好きなのは、春田のねーちゃんだから」

(えっ……)

その時の衝撃は、今でも忘れられない。

まるでナイフで心臓を一突きにされたような気分だった。目の前が真っ暗になって、現実が遠のいて、いきなりどこか遠くに飛ばされたかのように、自分の周りのことを何も認識できなくなった。

ただ、大也の声だけが耳にこびりついて、頭の中で壊れた機械のように、そのフレーズが何度も繰り返される。

オレガ スキナノハ ハルタノ ネーチャン ダカラ。

ハルタノ ネーチャン。

（……ああ）

ようやくその言葉の意味をはっきりと理解した結は、膝から崩れ落ちそうになった。

こんな。こんなことって。

（嘘でしょ。嘘だよね。嘘だ）

ガラガラとすべてのことが音を立てて崩れていく。今まで信じていた世界が壊れていくような感覚だった。

「はあ？　春田のねーちゃん？　それって去年三年にいた、あのめっちゃきれいな先輩だろ。すげえ目立ってて、確かサッカー部の鳴海先輩と付き合ってるって言われてた」

「それは無理すぎ。望みないだろ。つーかもう学校にいないじゃん」

「いや、信じるなって。そんなわけないだろ」

大也の発言を受けて、周りにいた三人が口々に何かを言っていたが、それはもう結の耳には入ってこなかった。

あまりにショックで。苦しくて。心が悲鳴を上げ、視界が滲む。せり上がった涙が目尻から溢れてポタ、ポタと廊下に落ちた。

「だ、だから春田と絡んでるってこと。あいつと仲良くしておけば、接点ができるかもしれないだろ」

もう聞いていられなかった。

結は嗚咽が漏れないように口を手で覆うと、踵を返してその場所から逃げた。

早く、早く。一刻も早く。どこかに行かないと。

そのまま全速力でトイレまで走り、個室の一つに入って鍵をかけると、崩れるようにその場にしゃがみ込んだ。

涙が後から後から溢れて、顔は既にぐしゃぐしゃになっていた。

「うっ……うう」

そうして結は一生分かと思うほどの涙を流し、泣いた。

最後は泣きすぎて、過呼吸のようになってしまった。その日の部活はさぼり、家に帰ったのはどっぷりと日が沈んでからだった。

それほど、結はショックを受けたのだ。

ただの失恋ではなかった。

結にとって大也の存在は大きく、ある意味、心の支えにしているところもあった。大也がそばにいてくれるから。受け入れてくれるから。認めてくれるから。

でもそうやって相手のことを大切に思っていたのは、結だけだったのだ。

その事実に押し潰されそうになった。明日からどう生きていいのか、わからない。もういっそ、消えてしまいたかった。

その日から、結は大也の顔を見ることができなくなった。遠くからでもその姿を目に入れただけで涙がせり上がりそうになってしまう。だからさりげなく、大也を避けた。

もともとクラスは違っていたので、避けることは割合に簡単だった。幸いにも、数週間経てば夏休みだった。

夏休み中、結はほぼ家に閉じこもり、ただただぼうっとして過ごした。

そうして長い休みが明けて学校に行くと、大也は既に転校してしまっていたのだった。

これが大也との間にあった、つらい思い出のすべてだ。

結は久しぶりに掘り返した過去に、ため息をついた。

就職したあたりからだろうか。過去の自分と決別したくて、結は自分に、大也とのことを思い出すのを禁止した。だから少しでも記憶が蘇りそうになったら、なるべく違うことを考えて頭から追い出すようにしていたのだ。

ここまで当時のことを鮮明に思い出したのは、実に何年かぶりのことだった。

もう泣いているだけで何もできなかった中学生時代とは違うが、やっぱりそれなりに心は抉(えぐ)られる。

大也は、結の姉のことが好きだった。

結への感情はただの友人に向けたものだった。

あの時、大也は姉との接点をもちたいために結と仲良くしているようなことを言っていたが、冷静に考えれば別に最初から姉に近づくのが目的で結と仲良くなったわけではないだろう。

友人として結と親しくしてくれた気持ちは本心で、純粋なものだと思う。ただそれが恋愛的なものに発展しなかっただけで。

小学生時代の大也は姉どころか、恋愛というものにまったく興味がなさそうだった。

実際に姉と顔を合わせた時も、大也は人見知りをしていたようだったし、姉に興味がある素振りはなかった。

しかし中学生になって思春期を迎え、恋愛に興味をもった時に女性として惹かれたのが姉だったという話なのではないだろうか。

姉は小さい頃から美しい顔立ちだったが、中学生になっておしゃれになり垢抜けてからはより一層、周囲の注目を集めるようになっていた。

中学校の中でも本当に目立っていておおいにモテていたから、校内で見かけて、その輝かしさに大也が惹かれたとしても、おかしくはない。

それに、自分の好きな人の身内が近くにいれば、それを利用したいと思う気持ちもわからなくもなかった。

ただいくら考えても、結には大也と姉のことを話した記憶がなかった。

大也から話を振られたこともない。

だから、あの時に言っていた姉と接点をもちたいがために結と仲良くしているという発言は、大也の本心ではなかったのかもしれないと、後になって結も考え直してはいた。

いや、正確に言うと「そうしたかったけれど、できなかった」ということなのかもしれない。性格的に、大也はそういうことができる人ではなかったから。

つまり色々考えてみても、当時のことは大也が特に悪かったということではないのだ。

ただ、結が勝手に期待して、それが勘違いだっただけのこと。

しかし思いが深かったぶん、結の心には大きな傷になるほどのダメージを残してしまったのだった。

今の大也にしてみれば、結は会えば懐かしい気持ちが蘇るただの旧友。

転校前に結が避けていたことに気づいていたかどうかはわからないが、案外、タイミングが悪かったぐらいにしか考えてなかったかもしれない。

けれど、何も言わずに別れたことが気がかりで、だから今回、こうして連絡先を伝え、誘ってくれているのかもしれなかった。

もともと、気が合うことは確かだった。でなかったら、小学生から転校までの約四年間、ずっと親しくし続けていられるわけがない。

そのノリが懐かしくて、話していると楽しくて、それでまた誘ってくれたのかもしれない。

ちゃんと考えれば辻褄(つじつま)は合う。大也側の気持ちはおおよその推測がついて、それは理解できるものだった。

だけど――。

「寿葉、私、やっぱり無理だ。もうハルと会うのはやめる」

長い沈黙の後、結はそう呟いた。

『そっか。結がそう思うならいいと思うよ。誰にだって、蒸し返したくないことってあるもんね』

「話、聞いてくれてありがとね。おかげで自分の気持ちも見えてきたし、整理がついた」

辛抱強く待ってくれた寿葉に、結は感謝の気持ちを込めてそう言った。自分だけで考えていると、ぐるぐると堂々巡りをして、結局、でもでもだってで答えを出せなかっただろう。

人に話すことで考えが固まることもある。まさしく今がそうだった。

『あ、ごめん。家に着きそう。また連絡するね』

「うん。本当ありがとう。私も来月のシフトがはっきりしたらまた連絡するね」

どうやら寿葉は駅から家までを歩く間に、電話をしてきていたらしい。寿葉は駅から少し離れたところに住んでいるので、これは割とよくあることだった。

お互い、またねと言って電話を切った。

第四章

【ごめん。なかなか予定合わないね。また来月の予定がはっきりしたら連絡するね】

スマホの画面上に表示されている大也に宛てたメッセージを見て、結は重い気持ちで息を吐いた。

見るたびに良心がちくちくと痛み、苛まれる。

その文章の中には、嘘が混じっているからだ。

あれから、大也からは何度かメッセージが来ていた。主に食事のお誘いで、メッセージの中には自分の予定を付け加えてくれていた。

あげてくれた候補の中には、予定が合う日もあった。しかし、結はすべて合う日がないと返していた。

嘘を言ったって大也にそれがばれることはない。いくら同じ系列会社でも、他部署のシフトなんて知りようがないのだ。それに空港内は広く、顔を合わせることは稀なのだから、誤魔化すことは簡単だった。

しかし、いくら露見しないといっても、平気で嘘をつけるかと言えば、それはまた別の話で。

しかも大也は結にとってある意味特別な存在なのだから、その心苦しさは何倍にもなって結にのしかかった。

しかし、結にも大也に会えない事情がある。

一度会っただけなのに、結の心は非常に揺らいだ。正直に言うと、また彼に惹かれそうになったのである。あの頃の真面目さや優しさ、少し不器用なところまで残したまま、より魅力的な男性へと成長した彼に。

あの中二の夏に、避けたりせず本当の気持ちをきちんと彼に伝えれば良かったのではという後悔を抱いたことは、一度や二度ではない。

そうすれば、こんなにも引きずることはなかったのではないかと。

中途半端に終わってしまったから。

納得がいっていないから。

だから気持ちに決着がつけられず、いつまでも忘れられないのだ。

素直になっていれば、もっと気楽に再会を喜ぶこともできたのかもしれない。けれど、後悔してももう遅い。結はどうしてもこの再会を手放しには喜べなかった。

怖いのだ。

また好きになるのが、怖い。

この前会って、わかったことがあった。きっと、このまま会い続けたらまた好きになる。もしかしたら、あの時よりもさらに強く惹かれるかもしれない。

けれど、大也が自分を好きになることはきっとない。

あんなに近くにいたあの頃でさえ、彼は自分を恋愛的な意味で好きになることはなかったのだ。

今の彼はパイロットで、見た目も抜群にいい。グランドスタッフの中でも話題に上がるほど、女性からもモテる存在になっている。いわば選び放題ともいえる立場なのに、結なんかを選ぶわけがない。

好きになっても、見込みがないことはわかりきっていた。

だから逃げるのだ。

今度また同じことがあったら立ち直れない。

もう傷つきたくない。

あの時だって、立ち直るのに相当時間がかかった。大也が引っ越してしまったショックと相まって結が受けたダメージは計り知れなく、食欲も失せて体重まで減ってしまった。いまだに夢に見てうなされることだってある。

ここまで初恋を拗(こじ)らせてしまった自分はもう、恋愛はできないかもしれない。今までだって誰かを好きになろうと頑張っても、あの時の痛みを思い出すと、どうしても二の足を踏んでしまっていた。

けれど、それでも。もう恋愛ができなくても、結はそれで良かった。あの時のように傷ついてボロボロになるぐらいなら、平穏に生きたい。

大也だって関心があるのは今だけのこと。こうやって行き違いが増えれば、面倒になってそのうち忘れるだろう。

メッセージではまた連絡すると送ったものの、結にそのつもりはなかった。

結は手の中にあったスマホをバッグに仕舞うと、ロッカーを閉めた。今日の勤務は終わりであとは帰宅するだけだ。更衣室に残っている人に挨拶をしながら扉に向かっていると、後ろから声がかかった。

「一緒に駅まで行こ」

美月だった。結は頷く。二人で並んでオフィスを出ると、駅へと向かって歩いた。

今日は遅番だったので、時刻はもう十一時を過ぎている。

二人とも空港の近くに住んでいるし、まだ最寄り駅までの電車があるのでそれを利用しているが、もっと遅くなった日はタクシーで帰ることもあった。

「そういえば、緒方さんとどうなったの？」

ふと、美月が思い出したように発した質問に、結はわかりやすく反応しそうになったのを、すんでのところで堪えた。

不自然にならないように、注意しながら口を開く。

「どうって？　別に。何度かメッセでやり取りしたけど、それだけだよ」

「え、連絡取ったんだ！　やり取りってどんな？」

興味を引かれた様子の美月を見て、結は内心困ったなと思う。

イケメン好きで恋愛話も好きな美月がこういう反応をするだろうということはわかっていたが、結はもう大也と関わるつもりはないし、できれば美月にも忘れてほしかった。

嘘をつくのは嫌だが、大也との過去を話すつもりがない以上、濁すしかないと結は決めていた。

「いやそんなたいした内容じゃないよ。中学時代の同級生で今も繋がっている人とか、その人たちは今、何してるのとか。久しぶりの再会の時に話題に上がりがちな、よくある内容だよ。一通り会話のキャッチボールをしたらそれっきりだし。まあ向こうも忙しいだろうしね」

さらりと言って誤魔化すように笑うと、美月は肩透かしを食らった顔で「なーんだ」と言った。

「結が緒方さんと仲良くなったら、パイロットと合コンセッティングしてもらおうと思ったのに。私たちはあんまりパイロットとお知り合いになる機会もないしさ」

残念そうに言う美月に、結は申し訳なさそうに眉を下げた。

「期待に添えなくてごめん」

これは本心だった。美月は結と大也との過去を知らないわけだから、それは期待するだろう。変に期待をもたせてしまったことが申し訳なかったのだ。暗くなったその顔を見て、美月がしまったという表情をする。

「え、嘘うそ。そんな気にしないで。こっちこそ図々しくごめん。他人をあてにするなって話だよね。いいのいいの。自分で頑張る」

冗談めかした口調でそう言うと、美月はあははと笑った。ちょっとミーハーな部分はあるが、こういうところが美月の憎めないところでもある。

結は美月のさっぱりした性格に感謝しつつ、これでもう大也の話は出ないだろうとほっと息を吐いた。

それからは空港内でも大也の姿を見かけることはなく、表面上は平穏に過ごしていた。大也からは一度だけ電話がかかってきたが、ちょうど勤務中で出られず、そのままにしていたらその後は連絡が途絶えていた。

無視をしたみたいで、あまり良くないことをしている自覚はある。

もしかすると、少なからず気分を害しているかもしれない。

そのあたりは申し訳ないが、しばらくすれば大也も忘れるだろうと結は自分に言い聞かせていた。

社会人になると日々の忙しさにかまけ、段々と疎遠になりいつの間にか連絡を取らなくなることはままある。

だから別におかしくない。

完全に言い訳だが、大也側の心情を考えはじめると心が揺らいでしまいそうで、結はそう思うしかなかった。

「ＪＷＡご搭乗最終のご案内をいたします。福岡行き七五二便はまもなく出発いたします。ご利用のお客様はお乗り遅れがございませんよう、六十一番搭乗口よりご搭乗ください」

同じ内容を英語でもアナウンスし、マイクを切った結はカウンターに近づいてきた美月に向かってトーンを落とした声で話しかけた。

「付近にはいらっしゃらなかったですか？」

「はい。近くの搭乗口にいらっしゃる人にお声がけしてきましたが、それらしき方はいらっしゃいませんでした。あと何名ですか」

「二名です。ゲートは青木さんがいるので、私も一緒にお声がけに行きます」

この日、遅番で勤務をしていた結はゲート業務を担当していた。

珍しいことに、美月も同じゲートの担当である。同じになる時はずっと同じだったりするが、タイミングが合わなければまったく見かけない時もある。最近はバラバラの配置が多かったこともあって、一緒に働くのは久しぶりに感じた。

美月は公私の切り替えがすごく、仕事中はびっくりするほど真面目だ。常にきりっとしていて無駄口もあまり叩かず、結が相手でも敬語をほとんど崩さない。

そして今、二人はいまだに搭乗ゲートに姿を見せないお客様を捜しにいく準備をはじめたところであった。

捜索範囲の分担をてきぱきと決めると、ゲートにいる他のグランドスタッフに声をかけて二手に分かれる。

「ＪＷＡ福岡行き七五二便のお客様がいらっしゃいましたら、六十一番搭乗口へお越しください」

行先と便名が大きく書かれたタブレットの画面を見やすいように掲げ、周囲に声をかけ続けた。椅子が並んでいる待合スペース、売店など人の集まっているところを中心に歩き回る。

七五二便に搭乗予定のお客様があと二名、ゲートに現れていなかった。

保安検査は通過しているのでどこかにはいるはずである。

お客様の中には何を勘違いしたのか、まったく違うゲートに行ってしまう人もいたりするので、付近にいないのであれば遠くのほうまで行ってみる必要があった。

「ＪＷＡ福岡行き……」

先ほどからずっと繰り返している言葉を同じように言いかけた結は、前方から来る人物を視界に捉えてはっとした。

パイロットの制服を着た二人の男性。

その片方の、涼しげな目元をした整った顔に、とても見覚えがあったからだった。

（……ハル！）

見間違えるはずがなかった。

パイロットの制服をきっちりと着込んだ彼は恐ろしいくらいのイケメンオーラを放っていて、とても凛々しく、格好が良かった。

おそらくこれからフライトで、だとすると、隣は機長だろう。二人ともキャスターつきのパイロットバッグを引いている。

二人で会った時は砕けた表情でコミカルな一面もあったが、今は至極真面目な顔で隣の機長と何やら話している。こうして見ていると、別人みたいに思えた。

(ど、ど、どうしよう……!)

このまま行けば間違いなくかち合う。結は声をかけながら歩いているので、嫌でも視界に入るだろう。

どうして、こんな時に。

結は一瞬の間でものすごく動揺した。

顔を合わせるのは避けたい。気まずいことこの上ない。

しかし、今は業務中でゲートに現れないお客様を捜している。その業務は中断できない。

公私混同して業務を放り出すことは絶対にしたくなかった。となれば、結の取るべき道は一つ。大也は機長と話しているので、たとえ結に気づいたとしても、こちらに対して何かアクションを起こすことはないだろう。

そう考えて、案内を続けようと口を開きかけた、その時だった。

耳につけているイヤホンマイクから、音声が聞こえてきた。

『……福岡行き七五二便、全員搭乗完了……』

（……！　見つかったんだ！）

次の瞬間、結は掲げていたタブレットをさりげなく下ろし、くるりと踵を返した。

そしてマイクで返答をしながら、そそくさと来た道を戻る。

（きっと、こっちには気づいてない。だって見てなかったし）

実際のところはわからないが、そう思うしかなかった。

再会するまでは、この空港で大也を見かけたという認識がなかった。だから滅多に会わないものだと思っていたのだが、気づかなかっただけで、意外と今までも会っていたのかもしれない。

また会ってしまったらどうしよう。考えるだけで気が重かった。

取り急ぎゲート前に戻って飛行機のお見送りをすると、ゲートの片づけをして次の業務に移る。

結は飛行機をお見送りする瞬間が、業務の中で一番好きだ。

この仕事をやっていて良かったと、いつも思う。

しかし普段は自然と零れる笑みが、今日はなんだかぎこちなかった。

その後は、また別のゲート業務や到着業務をこなし、最後に事務所に戻る。報告書を書いて書類をまとめると、その日の業務は終了となった。

ぐったりした顔で更衣室へと向かう。

(今日はなんだか疲れたな……)

更衣室に入ると、中にはまばらに人がいた。美月は既に私服に着替えており、その隣には野村がいて、何やら話をしていた。

「お疲れさまです」

結は二人に声をかけながらロッカーを開けた。

「お疲れ。あれ？　遅かったね」

挨拶を返してきた美月が、疲れた顔をした結に尋ねる。

「うん。到着のほうで手荷物の取り違えが起きそうになって……」

「え、クロスピックアップ？」

「そこまでには至らなかったんだけど。持っていきそうになったところを、それは俺のだ、ってトラブルになって。もう揉めちゃって揉めちゃって……収めるのが大変だった。それで報告書も時間かかっちゃった」

「うわあ、気の毒。それはお疲れだね」

結の言葉にその大変さが伝わったのだろう。同情した美月がいたわるように言葉をかけてくれる。

「ほんとに、疲れたあ」

愚痴りながら結はジャケットを脱いでスカーフを外した。

早く帰りたい気分だったので、てきぱきと制服から着替えていく。

「春田さんは、ちょっと厳しそうですね」

「そうだね。いや、でも逆に飲みたい気分かもよ」

そこで結は、野村と美月の両名がこちらをちらちら見ながら何かを相談していることに気づいた。なんの話をしているのだろうと不思議に思い、聞いてみる。

「何？　どうしたの？」

「いや、この後、野村と軽く飲みにいこうかって話してんだけど、結もどうかなって。あ、もちろん疲れてたら、無理にとは言わないけど」

「飲みに？」

結はきょとんとした顔で美月を見た。

「うん。結、明日は？」

「休みだよ」

その言葉に、美月が嬉しそうに笑った。

「おっ！　私もなんだ。だから、たまにはいいかなって」

「ちなみに私は遅番ですけどね」

野村がすかさず口を挟んでくる。それを聞いた美月がぶっきらぼうに言った。

「いーんだよ野村は。まだ若いんだから」

「言っても、一つしか変わらないじゃないですか」

二人のコミカルなやり取りを聞きながら、結の心は揺れた。

疲れていたので早く休みたい気分ではあったが、明日は休みだし、少しぐらいならという気持ちもなくはなかった。家で一人でいると鬱々としてしまいそうだし、気分転換もいいかもしれないと思ったのである。

「……せっかく誘ってもらったし、私、行こうかな」

「そうこなくっちゃ。じゃあ、場所は帰りやすいところがいいよね」

表情を明るくさせた美月は結の肩を叩くと、スマホを取り出して何やら操作しはじめた。

今日は遅番だったので今から飲みにいくとなると、帰る頃には電車がもう終わっている可能性が高い。美月と野村も空港の近くで家を借りているので、三人の家は比較的近所だった。

帰るのに困らない、ほど良い距離のお店を探してもらっているうちに、結はてきぱきと着替えを済ます。

準備が整うと、三人揃って更衣室を出た。オフィスを出て駅の方面に歩きだしたところで、通路の端に人影が見えた。

三人で並んで歩くのは邪魔になるかと思い、結は歩くスピードを緩めて二人に先に行ってもらおうとする。とその時、その人影がこちらに近づいてくるのが見えた。

それに気づいた二人が足を止める。

結も自然と立ち止まり、その顔を見た瞬間、言葉を失った。

(……嘘!)

「えっ緒方さん……⁉」

美月が驚いた声を上げる。野村は突然現れた人物に呆気に取られた顔をしていた。

「春田、ごめん。少し話したいんだけど、時間くれないかな」

「えっ」

結に向かって話しかけるその姿を、美月と野村は鳩が豆鉄砲を食らったような、ぽかんとした顔で見た。

美月はともかく、野村は大也と結が知り合いだということすら知らないのだから無理もない。まったく接点がないと思っていた、この前話に上がっていたイケメンパイロットがいきなり話しかけてきたのだから。

けれど結は、それどころではなかった。

「え、嘘。あ、い、いや、ごめん！　私これからみんなと食事に行くところで……」

あまりの動揺に声が上擦ってしまう。結はとんでもなく狼狽えていた。パニックになりそうな頭を必死で働かせて、なんとかそれだけ言った。

（な、なんで⁉　まさか、待ってたの⁉）

にわかには信じがたいが、どうやらそうらしい。

たしかに同じ系列会社なので、オフィスの出入り口はわかるだろう。

そして、結の会社のグランドスタッフは、イレギュラーなことはあれどだいたい二交代制なので、勤務時間の推測もできるはずだ。

だから、よく考えてみれば、この時間とこの時間にここらへんを通るだろうというおおよその予想はつく。

（でも、なんで私が今日、遅番だって……）

そこまで考えて結は、はっとした。

やっぱりあの時、大也は結に気づいていたのだ。だから今日、結が遅番であることがわかった。

大也が操縦している機体は、国内線・国際線どちらでも使われているものだと、この前話した時に聞いていた。だから大也は、場合によってはどちらの線でも操縦をする。

今日は国内線の出発ロビーで、彼を見た。

国内は飛行時間が短いので、その日のうちに行って帰ってきたのだろう。きっと終わる時間が、結と同じぐらいだったに違いない。

見れば大也は制服から私服に着替えて、スラックスにシャツというフォーマルとカジュアルの間ぐらいの格好をしていた。

「そっか、わかった。突然悪い。また連絡……」

「私たちのことは気にしなくていいから！」

その時、大也の声を遮るようにして、美月がいきなり大きな声を出した。

結は驚いて美月のほうへ顔を向けようとしたが、その身体がぐいっと押される。

後ろに回り込んだ美月が、結を大也のほうへ押しやるようにしたのだ。

「え、え？」

結は戸惑いの声を上げた。しかし美月はそんな結のリアクションを抑え込むようにまくしたてる。

「別に前から約束してたわけじゃないし、私たちは二人で大丈夫だから行ってきなよ。せっかく待っててくれたんだし」

「いやでも……」

「こっちは、いつでも行く機会はあるでしょ」

ね、と美月は同意を求めながら野村に何やらアイコンタクトを送っている。意外と勘のいい野村はだいたいのことを察したらしく、結に向かって「そうですよ」と言って美月に同調した。

そんな二人を見て、結は困ったような笑みを浮かべた。

美月たちの心遣いはありがたいが、結は大也と二人になりたくなかったのだ。

でも今は、この状況でそんなことが言えるはずがない。

それに美月たちの申し出を拒むのは、気まずくてできなかった。

そんなことをしたら美月と野村は疑問に思うだろうし、誘ってきた大也も嫌な気持ちになるだろう。

しかし。

（えーもう！　どうすればいいの⁉）

「いいんですか？　気を遣わせてしまってすみません。ありがとうございます」

結が葛藤しているとも知らず、大也は二人に丁寧にお礼を言っている。

予定の変更が確定されそうで、結は内心、大慌てだった。

しかし、そんな結の動揺に気づく者はいなかった。

「じゃあまたね。お疲れさま」

「お疲れさまです！　良い夜を」

まだ躊躇う結を後押しするかのように、二人は結に笑顔で言葉をかけると、背を向けてさっさと歩きだしてしまった。

さすがにここまできたら、結も流れに身を任せるしかなかった。結は、二人の背中に慌てて声をかけた。

「ごめんね。ありがとう。また今度、埋め合わせさせて」

軽く振り返ると、二人は笑いながら手を振ってくれた。そうして遠ざかっていく後ろ姿を、結はなんとも言えない気持ちで見つめた。

「お腹空いてる？」

「まあ……少しは」

「じゃあ何か適当に頼むよ。苦手なものとかある？　……グリンピース以外で」

小学校の時から結が嫌いだった食べ物の名前を挙げながら、向かいの席に座る大也がふっと笑った。

タクシーに乗って結が連れてこられたのは、どうやらバーのようだった。落ち着いた雰囲気の店内は、シックにまとめられている。大也の説明では、日中も営業していて食事のメニューがかなり豊富らしく、夜のフードも充実しているとのことだった。

「あんなふうに待っていて、ごめん。しかも約束があったのに」

注文が終わりドリンクが来たのを見計らったように、大也が口を開いた。

「あ……ううん、大丈夫」

結はなんと返していいのかわからなかった。

だから誤魔化すような笑みを浮かべる。

「話したかったのはさ……あの、勘違いだったらごめん。春田、俺のこと避けてない？」

ずばり言われて結の鼓動が跳ねた。

もしかすると聞かれるかもしれないとは思っていたが、まさかここまでストレートに言葉にされるとは予想していなくて、思わず顔が引きつってしまう。

「……そんなこと」

とっさに否定しようとしたが、その歯切れの悪い様子で察したのか、大也がふっと息を吐いた。

「やっぱり避けてたんだ。どうしてなのか聞いても？」

「そういうわけじゃ……」

（……どうしよう）

とりあえず否定はしたものの、後に言葉が続かなくて、結は困ったことになったと内心おおいに動揺していた。

顔に出さないように頑張ってはいるが目が若干、泳いでしまう。

会いたくなかったのは、結が大也に恋愛感情をもちそうだからだ。ただの友人として、接することができそうもないから。

昔からずっと大也のことが好きで、失恋しても気持ちを捨てきれないなんて告白されても困るだろうし、一体何年引きずっているのかと、そのしつこさに最悪、引かれてしまうこともあるかもしれない。

（さすがにそれは嫌だな）

思いが深くなってまた苦しむのも嫌だし、気持ちがばれて引かれるのも嫌だ。

だからさりげなくフェードアウトしようと思ったのに、全然さりげなくなかったのか、追及されるような状況になってしまっている。結にとっては完全に予想外だった。

まず、そもそも大也が待ち伏せみたいな、こんなことをしてくるとは思わなかった。

そこまで結に執着するとは、思ってもみなかったのだ。

社会人であれば、昔の友人とすれ違って疎遠になってしまうことなんてよくあることと。

だからそれを狙っていて、普通にいけばそうなるはずだったのに。

お互いさまかもしれないが、結は大也が何を考えているのか、いまいちわからなかった。

「俺は、春田と再会して嬉しかった」

煮えきらない結に焦れたのか、大也が口を開いた。

きりっとしたきれいな二重の目でまっすぐに見つめられて、意図せず鼓動が速まる。

顔が熱をもつのがわかった。

昔好きだった人にそんなことを言われて、意識するなというのが無理な話だろう。

大也がどうしていきなりそんなことを言いだしたのか戸惑いつつも、結はそういう意味じゃない、勘違いするなと必死に自分に言い聞かせた。

大也は、明日休みだからと言って頼んだビールを一口飲むと、黙ったままの結に話しはじめる。

「あの時、転校が決まったのは急だった。ある日、両親が大喧嘩(げんか)になって、二人とも半ば感情的に離婚を決めたんだ。母は父ともう一緒にいたくないといって強引にアメリカ行きを決めた。あんなに打ち込んでいた仕事も辞めてきて。俺は反対したけど二人とも聞く耳をもたなかった」

そこで大也は、言葉を選ぶように一度黙った。しかし、すぐに視線を上げて口を開く。

「だからそんなに時間がなかったんだ。春田には言おうと思ったけど、なかなかタイミングがなくて……結局何も言えずに転校してしまったことを、ずっと後悔していた」

淡々とした口ぶりだったが、無理に感情を押し込めているような不自然さがあった。

結はその告白に、思わず目を伏せた。

大也がどう思っているのかはわからないが、転校のことを言えなかったのは、結のせいだ。結が大也を避けていたから。

それなのに、結果的にそれが大也の負い目になっていたなんて。そう考えたら胸が詰まったようになって、大也の顔を見ていられなくなった。

「だから、もう後悔したくない。何も言えずに会えなくなったり、疎遠になるのは嫌なんだ。何か理由があるなら知りたいし、俺に嫌なところがあるなら、言ってほしい」

「そんな、嫌なところなんて」

結は目線を上げて、大也と視線を合わせた。

真剣な眼差しにどきっとする。そして、苦しくなった。

嫌なところなんてあるわけがない。結が大也を避けていたのは、大也に原因があるわけではなく、自分の勝手な都合だ。

それが大也を苦しめているのであれば、自分のこれまでの考えは正さなくてはいけないのかもしれない。

「ない？」

大也の言葉に、結は肯定の意味を込めて何度も頷いた。

「ないよ。あるわけない。連絡しなかったのは、そういうことじゃなくて……」

そこでどうしたもんかと結は一回言葉を途切れさせる。本当のことは言えないが、言い訳するあまり変なことを言って、これ以上、大也に嫌な思いをさせるのも困る。

「ほ、ほんとに忙しかったの！　余裕、そう心の余裕がちょっとなくて。人との連絡を後回しにしてしまったというか」

結はとっさに頭に浮かんだことを口に出した。少々苦しいかと思ったが、もうこれで押し通すしかない。「バタバタしてて疲れてたから。心配かけて、ごめんね」と早口で続けた。

それを聞いた大也は、心なしかほっとしたような顔をした。しかしすぐに気遣うような視線を結に向ける。

「そうだったんだ。忙しい時に、なんかごめん」

「い、いや、大丈夫。ちゃんと言わなかった私も悪いし」

「今は？　今も忙しい？」

「え？」

質問が飛んできて、結はきょとんとして目を瞬いた。

「あ、今は……大丈夫。ちょっと落ち着いたかな」

これ以上嘘を重ねるのも心苦しくて、結が素直にそう言うと、それを聞いた大也はにこっと笑った。

「じゃあ、今後は誘っても大丈夫ってことだよな」

あ、と気づいた時にはもう遅かった。

整った顔で微笑まれて、結はもう頷くことしかできなかった。

それから、結と大也はたびたび会うようになった。

もう連絡を曖昧にすることはできなかった。

だから大也から連絡が来ると、結はなるべく予定を合わせるようにした。

お互い変則的な勤務なので、頻繁にというわけにはいかないが、二人とも次の日の仕事が早くない時に、夜に食事に行くことが多かった。

なんだかんだ言っても、大也と一緒にいる時間は楽しく、細かいところでも気が合って、いつもあっという間に時が過ぎた。

大也は隣にいるのが気後れするようなイケメンぶりなのに、ふとした時の仕草や言動、話にあの頃の面影が感じられて一緒にいるとすごく安心できた。自然体でいられるのだ。

これは結にとって大きなことだった。

だからこそ、結は自分を抑えるのが大変だった。

ただ、会っている時の大也は常に〝友人〟の距離感を崩さなかった。

それが、結には現実を突きつけられているようで。やっぱりどこまでいっても、自分は〝友人〟の枠から出ることはないのだと思い知らされた。

けれど、ここぞという時はちゃんと〝女の子〟扱いしてくるのだから、ずるいと思ってしまう。

扉を開けてくれたり、ちょっと髪が乱れていたら直してくれたり。

歩いている時に人とぶつかりそうになったら庇ってくれたり、帰りは必ず送ってくれたり。

そういうちょっとしたことにどきっとしてしまう。話を一生懸命聞いてくれたり、優しく笑いかけられたりすると、叶わぬ期待を抱いてしまいそうになる。

だから結は大也と会うたびに、いちいち自分に意識しないように言い聞かせなければならなかった。

こんなのは大也の性格的なところからくる行動で、意味なんてないと。

しかしそれでも少しずつ気持ちは膨らんできていっているような気がする。

そのうち、後戻りできないところまでいってしまうのではないかと、結は密かに恐れのような気持ちを抱きはじめていたが、だからといってどうすればいいのか、これといった対処法もわからずにいた。

そんな、どっちつかずの付き合いが続いて三週間が過ぎた、七月下旬のこと。

「え？　合コン」

「そう。緒方さんにだめもとで聞いてみてくれない？」

久しぶりに美月とシフトがかぶったその日。結は更衣室で待ちかまえていた美月に捕まっていた。

美月は早めに来ていたようで、既に制服への着替えが終わっている。結は着ていたシャツを脱ぎながら、思わず首を傾げた。

「……合コンかあ」

「一回でいいから、パイロットと合コンしてみたいんだよね。でも、合コンをもちかけられるほど、お近づきになれることってなかなかなくてさあ。やっぱりお願いできないかな……？」

結はちらりと美月を見やった。

どうやら本気の頼みらしい。

たしかに、美月は前々からパイロットと知り合いになりたいということを言っていた。

いくら同じグループ会社だといっても、普通に業務をしているだけではパイロットと親しくなる機会はほとんどない。

CAに知り合いがいる同僚は、そのつてでパイロットと合コンをした、と聞いたことがある。だから絶対に無理だというわけではないが、そういうコネが必要になるといえた。

(たしかにそう考えると私は今、パイロットへのコネをもってるわけか……)

美月が結に頼みたくなるのもわかる気がした。美月にはいつもお世話になっているし、この前、大也が待っていた時にはそっちに行くように機転も利かせてくれた。

結自身はあまり合コンが得意ではないが、美月からのお願いはできれば断りたくなかった。

「聞くだけ、聞いてみるけど……」

結が頷くと、美月の顔がわかりやすくぱあっと輝いた。

「ほんと⁉　ありがとう！」

「でも、あんまり期待しないでね。そこまでお願いできるほどの仲でもないし、断られるかも」

結は広げた手のひらを向けながら念押しした。

自分はただの元同級生の身で、たまに一緒にご飯を食べる程度の仲だ。

合コンを開くとなると、何名かに声をかけなくてはいけないだろうし、少なからず面倒なはず。ただの友人である結のために、大也がそこまでしてくれるとは思えなかった。

「何言ってんの。どう見てもあんたたち、付き合うまでカウントダウン状態じゃない。好きな子の頼みは聞いてくれるでしょ」

自信なさげに発した言葉を一笑に付した美月に自信満々に言われて、結は目をまん丸に見開いた。

「そ、そっちこそ何言ってんの、だよ。付き合うとかないし、好きな子でもないし！友人としてしか見られてないから！」

「えー？　友人をわざわざあんなところで待ったりしないって。それにその後もちょいちょい連絡が来て誘われてるんでしょ？　それもう絶対、好きじゃん」

「だからそれは……」

昔のことがあるからで。結は言いかけたが、結局は口を閉じた。

当時のことはあまり詳しく話したくなかった。美月に言えば根掘り葉掘り聞かれそうで、それを避けたかったのである。

「結、そろそろ着替え終わらないと。時間やばいよ」

一人でもごもごしていると、意外としっかりと時間を見ていた美月が、腕時計をさすようなゼスチャーを結に送った。はっとした結は慌てて着替えを再開する。

なんだか勘違いされているようだったが、そのまま中途半端に話は終わってしまった。


そして、勤務が終わったその日。

家に帰ってから、結はさっそく大也にメッセージを送った。

内容は、前に大也も顔を合わせたことのある同僚が、パイロットと合コンしたいと言っているがお願いすることは可能かという、ド直球なものだった。

大也には変に回りくどい真似はせず、ずばり聞いたほうがいいような気がしたのだ。

それにあの日。気を遣って結がそちらに行くように取り計らってくれた美月たちに、感謝していると大也は言っていた。そして、機会があったら二人に何かお礼をしたいということも口にしていた。

だからあえて美月からのお願いだということがわかるようにして、聞いたのだった。

その日、大也からの返信はなかった。

ようやく連絡があったのは翌日で、メッセージの内容によるとフライトでシンガポールに行っているらしい。

合コンに関しては意外にもあっさりとＹＥＳで、参加できる人を探してみるとのことだった。結はそれを見て少し申し訳ないような気持ちになりながらも、ほっとした。

しかし、メッセージはそれだけではなかった。続いて書いてある内容を読んで、結は困ったように「映画……」と呟いた。

第五章

「ごめん！　待った？」

そこまでの道を小走りでやってきた結は、大也の前まで来ると、肩で息をして乱れた呼吸を整えようとした。そんな結を見て、大也がふっと笑う。

「そんなに急がなくても、良かったのに」

「でもはじまる時間が決まってるでしょ。遅れたら困る」

言いながら結はバッグからハンドタオルを出すと、額に滲んだ汗を拭った。

まもなく八月を迎えようとしているこの日、午前中から気温はうなぎ登りでお昼を過ぎた今、ピークを迎えようとしていた。そのため、かなり暑かった。

早番のシフトが終わった後。

結は大也と大きな駅の、いわゆる待ち合わせスポットで待ち合わせをしていた。

大也は今日は休みでおそらく時間ぴったりに来ていたのだろうが、結は事務作業に少し時間がかかり、終わるのが遅くなった。結果、待ち合わせ時間に遅刻しそうになり、急いで来たところだった。

大也からの前回のメッセージに書いてあったのは、映画を一緒に観にいかないかという誘いだった。

結はだいぶ迷ったが、断る理由が思い浮かばなかったので、結局は了承した。そして、二人の日程が合ったのが今日というわけだった。

（だって……映画ってもう、ほとんどデートだよね!?）

それが、結の迷った理由だった。

夜に食事、はなんとなくまだセーフの気がした。そこまで時間も長くないし、シチュエーションは限られる。

もちろんどちらかに恋人がいればそれだってだめだろうが、そのあたりはちゃんと考慮していて、最初に二人で会う前に、お互い恋人がいないことは確認済みだった。けれど、映画は友人同士ではあまり行かない気がする。過ごす時間も格段に長くなるし、席が隣同士とあっては、実質的な距離感もぐんと縮まってしまう。

その結果、自分の気持ちがどうなるかわからないのが正直、怖かった。

「そろそろ時間だから行こう」

結の呼吸が落ち着くのを待って、大也が口を開いた。促されて、結は足を踏み出した。

と、その時だった。

ごく自然に大也が結の手を取った。男性らしい大きくて少しゴツゴツとした手が結の手を包み込む。そのまま繋がれて、結の心臓が強く跳ねた。

(え⁉)

「あっちかな」

結は顔に熱が集まるのを感じた。

きっと端から見ても、赤くなっているに違いない。それを誤魔化すかのように俯いた。

二十八にもなって、手を繋いだぐらいでこのリアクションは自分でもないだろうと思う。

けれど、初恋を拗らせすぎて男性経験がほとんどないといってもいい結には、少々刺激が強い。手のひらから伝わる温かい人肌の感覚に、ドクドクと鼓動が速まってしまう。

(これはさすがに、友人関係ではしないと思うけど……)

触れているところが、その感触が、気になってしまって結はもう映画どころではなくなってしまった。さんさんと降り注ぐ強い日差しも気にならなくなり、気もそぞろで、どこに向かっているのかもよくわからなくなって手を引かれるままになってしまう。

「あ、ごめん。歩くの速い？」

結の歩くスピードがいつもより遅くなってしまっていたせいか、気づいた大也が足を止めて顔を覗き込んできた。

不意打ちの行動に結は慌ててしまう。

「だ、大丈夫。ごめんね。速く歩くようにするから」

「なんで？ 無理しなくていいよ。俺が合わせるから」

にこっと微笑まれて、また鼓動が跳ねてしまう。結は合わせるように笑みを浮かべて「ありがとう」と答えながら、思わず胸に手を当てた。

（なんか今日のハル、いつもより態度が甘い気がする……！）

勘違いしそうになるから、やめてほしい。結は切に願った。

大也はいたって自然にそれをやっているから、きっとこんなシチュエーションには慣れていて、息を吸うようにできることなのだろう。

だいたい、経験値が違いすぎるのだ。

きっと、深い意味はない。女性に対してはいつもこういう態度を取っているのだろう。

　自分が特別なわけではない。

　結はいつもよりもしつこく、自分にそう言い聞かせた。

　そうこうしているうちに気づけば映画館に着いていて、チケットからドリンクに至るまでてきぱきと全部、大也が手配をしてくれた。

　結はただ隣にいればいいだけの状態となる。

　最後に、中に入る前にトイレの確認までされて、その気遣いぶりに結は感心してしまった。

「じゃあ、行ってこようかな」

「ん、それなら俺はここで待ってる」

　結は「わかった」と言うと、トイレに入っていった。

（いつも、ここまで気遣ってくれてたっけ……？）

　考えてみると、今日ほどではないがたしかに、一緒にいる時はさりげなく気にかけてくれているような気はした。

　当たり前だが、小学生や中学生の頃にはそういった気配りはあまりなく、むしろ鈍いところもあった。

だからきっと、これは高校、大学、社会人と成長する過程で、周囲の女性と接していくうちに身につけたスキルなのだろう。

そう考えるとなんだか少し、胸の中がもやっとするような感覚がある。

しかし結はすぐにはっとした。

(え、今何を思った……？　モテるんだから、そんなことぐらい当たり前じゃない！　今のってまさか独占欲……？　あーもう。やだやだ)

個室を出て手を洗う。その際、結は鏡に映る己を見た。

自分は、大也に釣り合わない。

化粧やヘアスタイルで頑張ってはいるが、丸顔なのでどうしても幼く見られてしまうところがある。目は二重だけどそこまでぱっちりはしていないし、鼻は丸い。

不細工というほどではないが、平凡そのものだ。

(もっと、おしゃれしてくれば良かったのかな)

今日はノースリーブのシャツワンピースを着ているので、結にしてはおしゃれをしたほうだった。

いつも仕事中にまとめている髪は、下ろしている。

簡単にセットはしてきたが、まとめていた時のあとが残っていて、少しウェーブがかったようになっていた。仕事後なのでこれが精いっぱいの装いといったところだった。

大也は別に、すごくおしゃれをしてきた、という格好ではない。

黒の細身のパンツにカットソー。むしろシンプルなのに、どうしてあんなに格好良く見えるんだろう。

トイレを出て、改めて大也を見た。

ポップコーンとドリンクをのせたトレイを手に持って立っているだけで、なぜか絵になる。通り過ぎる女性たちが、ちらちらとその姿を見ていた。

こんなに格好良くなっていなければ、まだ良かったのかもしれないのに。

結はその光景を見て、ふと思った。

「ここだ」

見つけた席に二人で座ると、まだ上映開始までには時間があった。映画は大也が観たいと言っていたサスペンスアクションで、一緒に観る人がいないから、と誘われた格好だった。結も興味はあったので、映画自体は楽しみだった。

「冷房、寒くない？」

声をかけられて横を見ると、思った以上に大也の顔が近くにあって、結は意図せずどきっとしてしまう。香水でもつけているのか、それとも整髪料なのか、ほのかに爽やかな香りを感じた。

「大丈夫だよ、ありがとう。……あのさ、そこまで私に気を遣わなくても大丈夫だからね」

いつも以上に、あまりにも大也が〝女の子〟扱いしてくるので、とうとう気恥ずかしくなってきてしまった結は、その雰囲気を打ち消すようにそんな言葉を口にした。

「そんなに、気なんか遣ってないけど？」

大也は不思議そうな表情で、結の顔を覗き込んだ。

そうやって顔を寄せて見てくるのもやめてほしい。

嫌でも意識してしまいそうになる。

結は頑張って平静を装うと、呆れた顔をしてみせた。

「じゃあいつもこんな感じなの？　モテる人は違うね。言っとくけど、あんまりやりすぎると勘違いされるからやめたほうがいいよ」

ちくりと言ってみる。

牽制（けんせい）しているのだ。

その気がないなら、勘違いさせるような行動を取るなと。

これぐらい言ったっていいだろう。映画に誘って手を繋いで。

端から見れば、まるで恋人同士のようだ。

これで、後でお前のことは女として見られないなんて言われたら、もう何を信じていいのかわからなくなるではないか。

それに。大也は、なんといってもいまだに燻(くすぶ)り続けている結の初恋の相手だ。

そこからして、他の人とは全然違う存在なわけで。

ちょっとの言葉や表情でいかようにも結は揺さぶられてしまうのだから、もっと慎重に行動してもらわないと困るのだ。

(段々、恋愛感情が過去系から現在進行形に移行してきているのは否めないし……)

なんとしてもここらへんで、その流れを食い止めたい。

自分の気持ちをこれ以上、惑わさないでほしい。

そんな気持ちから出た言葉でもあった。

しかしなぜか、大也は心外そうに眉をひそめた。

「いつもって何？　俺、女性と映画に来たのは初めてだけど」

「はっ？」

「春田に楽しんでもらいたいだけ。別に勘違いされても、全然いいけど」

思いもよらない言葉に結は唖然とした表情のまま固まってしまう。

大也はそんな結を見て苦笑いを浮かべると、結の頬をつつくように指先でちょんと触った。

「そんな顔、するなよ」

触れられた先が、火が灯るようにじわりと熱を帯びた。そこから結の顔がみるみる赤く染まっていく。

その時、ふっとあたりが暗くなった。照明が落とされたのだ。一瞬静かになった後、迫力のある音楽が室内に響き渡る。

「はじまるかな」

顔を近くに寄せた大也が結の耳元で囁く。低くてハリのある声がすぐ近くで聞こえて、ぞくりとした感覚が背中を駆け上がった。

結はそれにリアクションできなかった。それどころではなかったのだ。

（え？　ええ？　女性と映画に来るのが初めて⁉　いや、私だって男性と来るの初めてだけど、ハルだよ？　絶対そんなの嘘だよ。そんなわけない）

とにかく狼狽えながらも心の中で強く否定する。しかし、また別の考えが過って、結は「待てよ」と思った。
（いや、でもそんなこと嘘つく意味ある？　いやいや、たまたま映画は初めてだって
だけで、他のデートは腐るほど経験があるのかも……そうだ、そうに違いない）
自分を無理やり納得させたと思った次の瞬間、また新たな疑問が湧き上がる。感情
が抑制できずにもう止まらなかった。
（いやちょっと待ってよ、そこはとりあえずいいよ。ほんと待って。勘違いしてもい
いって言った？　いやこれどういう意味⁉　勘違いしてもいいってことは……好きに
なってもいいってこと？　受け止めるよって、こと……？　いやいやそんなわけ、な
いじゃない。ただのモテ男の思わせぶり発言じゃない？　みんな俺のこと好きになっ
ちゃうから～みたいな。……いやいやハルはそんなことを言うヤツじゃないよ。うー
ん、でも、手とかさらっと繋ぐし、けっこうチャラい一面も……ほっぺツンもなあ。
すごい自然に繰り出したし。ほんとびっくりした。あれはなんなの。心臓止まるかと
思った）
頭の中をすごい勢いで思考が入り乱れる。
その内容はまったく取り留めがなくて、思いつくままだ。
大也の思いがけない言葉と行動に、結は軽いパニック状態だった。

コマーシャルや注意事項の説明が終わって映画がはじまるが、まったくストーリーが入ってこない。

軽く触れられた頬がじんじんと、ずっと熱を帯びていた。

せわしなく瞬きを繰り返しながら、ぐるぐるする頭を抱えて、結はただ映画を観ているふりしかできなかった。

上映中はずっとそんな感じだった。

だから、映画が終わって大也が感想を言ってきた時も、結はろくに答えられなかった。

その後、一緒に食事をしたが、その時もどこか心ここにあらずの状態で、生返事を繰り返してしまった。

けれど、その帰り道。

大也が手を繋いだり、肩を抱き寄せたりした時だけはしっかり反応して、いちいちびくびくしてしまった。

大也に言われたことが、ずっと耳から離れなかった。

「え？　合コン？」

本日、大也はシミュレーター訓練の日だった。

これはフライトシミュレーターという、飛行機のコックピットを再現した装置を使って行う飛行訓練のことである。

訓練が無事終わり報告も済んだので、一緒に訓練を行っていた山野と退勤前に休憩所でコーヒーを飲んでいた。

山野は大也と同じ年に自社養成で採用され、パイロットになるまで訓練をともにした、ある意味仲間ともいえる存在だ。

同期の中では一番気が合い、プライベートでも飲みにいくなどして、社内で一番親しくしている人物でもある。

なので大也は結に頼まれた合コンのメンバー候補として、真っ先に山野に声をかけたのであった。

「そう。ちょっと参加してくんない？」

「まあいいけど……珍しい。お前、合コンとか滅多に参加しないのに」

「うん、まあそうだけど。ちょっと事情があって」

「ふーん……ああ、そういうこと」

大也の顔をじっと見ていた山野は、何か思い当たることがあったらしく、その彫りの深い顔に、にやりとした笑いを浮かべた。

山野は一言でいうと、とにかく〝濃い〟顔をしている。

生粋の日本人らしいが、ラテン系の国が出身だといってもおかしくない濃さだ。

眉は太く凛々しく、くっきりとした二重瞼に高い鼻梁。髪には生まれつきらしいが軽くウェーブがかかっている。

大也からするとけっこうなイケメンだと思うが、女性から見ると、好みが分かれるらしい。常々、山野は『好きになった女の子が、俺みたいな顔が苦手なタイプだと地獄だ』と嘆いていた。

「再会できた初恋相手から、お願いされたんだろ。確か、ここのグランドスタッフだったっけ」

「そうだよ。だから絶対、参加な」

「ハイハイ。相変わらず、その子のことになるとすごいよな、お前。どんだけ一途なんだよ」

「それは仕方がない。彼女は俺の、絶対だから」

大也は、手に持った紙コップのコーヒーの水面をじっと見ながら言った。

結がいなければ、今こうしている自分はいなかったかもしれない。

本当に、心からそう思っている。

結のおかげで、自分は救われたのだ。

真っ当になれた。


――大也の幼少期は、酷いものだった。

父母ともに、大也のことを厄介者だと思っていた。

もしくは、二人にとって大也は透明人間だった。

父親は、仕事第一主義。

母親は、狭い世界で子どものためだけに生きることに耐えられる人間ではなかった。

広い世界で自分の好きなものに囲まれ、キラキラした毎日を送っていることこそが、自分の正しい人生だと信じていた。

大也が生まれてからの数年、母親は我慢をしていたらしい。しかしその時だって、大也は充分に世話をされていたとはいえなかっただろう。

とはいうものの、それはまだ、ましであった。

無関心がひどくなったのは、小学生になってから。

仕事を言い訳にして、日中はほとんど家を空けるようになった。

食事は大量のお菓子と、インスタント食品。

子どもながらに一人で家にいる寂しさを埋めようとしたのか、大也はそれらを食べだすと、止まらなくなった。

学校から帰ってきた後は、外にも出かけずにアニメを観るか本を読みながら目につくものを食べ漁る日々。当然ブクブクと太り、気づけば立派な肥満児となっていた。

身なりを気にかけてくれる人もいないため、着古してよれよれの服をいつまでも着ていたし、髪は伸びっ放し、虫歯はでき放題だった。

そうなってくると当然、学校のクラスメイトは大也を遠巻きに見るようになった。

やがてからかいや嘲笑（ちょうしょう）の対象となり、心ない言葉を浴びせられるまでにそれは発展した。

大也の心は荒んだ。

どうして自分だけがこんな目に。

クラスメイトは両親に愛され、なんの不自由もなく満たされて暮らしている。

うらやましかった。苦しかった。

満たされないイライラから、周囲に攻撃的な態度を取るようにもなった。

しかしそんなある日、大也を変える出来事が起こる。

『別に、嫌じゃないよ』

大也のせいでからかわれたのに、そう言って笑う彼女を見た時、今まで灰色だった世界が急に色づいたような、そんな感覚があった。

自分を見てくれる、話を聞いてくれる、それがこんなにも嬉しいものなのか。

認め、寄り添ってくれる存在。

大也が渇望したもの。

それを与えてくれたのが、結だったのだ。

大也は段々と〝まとも〟になるべく、努力をするようになった。

まずは夜遅くに帰ってくる母親を捕まえて、洋服の購入と散髪を頼み込んだ。

入浴や歯磨きは欠かさず行うようにして、できてしまっていた虫歯は歯医者に行きたいとお願いした。

母親は大也に対して放置している負い目を感じていたのか、お金を出すのを渋ることはなかった。

食事は相変わらずお菓子とインスタント食品だったので体型の変化はなかったが、

身なりについてはだいぶまともになった。

周囲への態度も、かなり改めるようにした。

もともと本は読んではいたけれど、今までさぼりがちだった勉強も頑張るようになった。

自分と接することで、万が一にも結の評判が落ちてしまったら、結に対して申し訳ないと思ったからだ。

そんな大也の努力の甲斐があってか、周囲の反応にも徐々に変化が見え、大也の学校生活は当初と比べると、かなり改善された。

大げさでもなんでもなく、大也は結に救われたのだ。

そこからは、人を妬(ねた)むことはなくなった。

『ハル！』

そうやって結に名前を呼ばれるだけで満たされたし、彼女が笑えば嬉しくなったからだ。

結も家庭に問題を抱えているようだったが、彼女を苦しめ、悩ませるものすべてから、自分が盾になってでも守ってあげたいと思った。

その時点で、結に対して友情以上の感情を抱いていたことは、火を見るよりも明らかだった。

結は自分のすべてだった。彼女さえいれば、他には何もいらなかった。

中学生になってもその気持ちに変化はなく、むしろ年を追うごとに、その想いはより強いものへと変わっていった。

好きで好きで、自分のものにしたくて、おかしくなりそうだった。

いつもその姿を目で追って、どこにいても彼女を捜して。

彼女が他の誰かと、と考えるだけで、嫉妬でどうしようもなかった。

しかし、それを表に出すことは躊躇われた。

家の状況は相変わらずで、お菓子とインスタント食品で溢れていて、どうしても食べすぎてしまうことがやめられずなかなか痩せられなかったからだ。

自分は醜(みにく)い、そう思った。

友人として大切に思っていてくれていることは伝わるが、恋愛対象として見られてはいないだろう。

それに、こんな自分に好かれていることが周囲にばれでもしたら、きっと彼女は恥ずかしい思いをするに違いない。

そう考えると、自分の気持ちは結にも周囲にも知られないようにするのが一番いいと考えた。

大也が何より大切なのは結で、結が幸せに過ごせるなら、自分の気持ちは押し殺してしまってもかまわなかった。

そう割り切ってはいたが、時にはどうしようもない気持ちにもなる。

これを解消するには、自分が結に見合う男になればいいのではないかとも考えた。

当時、バスケットボールを題材にした漫画が流行っていて、結もその漫画が好きだと言っていた。そして漫画の主人公を格好いいと言っているのを聞いた大也は、一念発起してバスケットボール部に入部したのだ。

『なんで突然、バスケ部に入ったの？』

きっと不思議に思ったのだろう。一度、結が聞いてきたことがあった。

入部の理由ははっきりしていたけれど、それを素直に口にすることはできなかった。

だから『うん、まあ……なんとなく』という曖昧な返事をして、その場を濁した。

バスケットボールをはじめたからといって、結が自分を好きになると思うほど安直ではなかった。

ただ、自分を取り巻く何かしらの状況が変わることを期待していた。

はっきり言って太っていることで運動は避けてきた。身体が重くてどうしても素早く動けないから、何をしてもうまくできなくて、どうせ自分は、と諦めていたところがあった。

だから当然、入部当初の大也はまったくだめで、部のお荷物状態であった。

しかし幸いにも、部の中の数名が大也を受け入れてくれた。

『どうせすぐにやめると思ってたけど、めちゃくちゃ頑張ってるじゃん』

『部の中で一番練習しててすげーよ』

『俺たちも負けらんねーなって感じだわ』

『今度、一緒に練習しようぜ』

みんな、大也が諦めずに努力する姿を見て、見直したと言っていた。

彼らの存在もあって部に馴染むことができ、二年生に上がる頃には、体形にも少しずつではあるが変化が見えはじめた。

このまま続けていけば、自信がもてるようになるかもしれない。

今はまだだけど、きっと。

そう思いはじめた頃だった。

ある時から、結が急に冷たくなったのだ。

いつも結を目で追っていた大也は、その変化にすぐに気づいた。

明らかに大也を避けている。寄りつかなくなったし、こちらから話しかけても目が合わない。対応も、素っ気なかった。

これに大也はひどくショックを受けた。

何かしてしまったのだろうか。確かめようにも、会話をしてくれない。

何が悪かったのか、考えだすと眠れなくて寝不足の日が続いた。

そして悪いことは重なるもので。

そんな大也に追い打ちをかけるように両親の離婚が決まって、大也は夏休み中にアメリカに行くことになってしまったのだ。

だいぶ抵抗したが、母親は聞く耳をもたなかった。

自分はもうすぐ、遠くに行ってしまう。

一言だけでも、結に伝えたかった。

しかし避けられているという事実は、想像以上に大也の心に傷を残していた。

その頃には、結に話しかけることが怖くなっていたのだ。

もし転校のことを伝えて、素っ気ない対応をされたら？

耐えられないと思った。完全に怖気づいていた。

直接話すのは難しいので手紙を書いたが、結局渡すことはできなかった。

そして、転校。

手紙だけでも、渡すことができていたなら。

その後、大也は何度もそう思い、後悔することになった。

アメリカでは、祖父母と一緒に住みはじめた。母親は相変わらずだったが、そのぶん彼らが優しく、親身になってくれた。言葉や価値観の違いで最初の頃はずいぶん苦労をしたし、大変な思いもしたが、それも長く住むうちに慣れ、なんとか順応できた。

しかし、どれだけアメリカの生活に慣れても、結を忘れることはできなかった。

それどころか、もう一度だけでも会いたいという気持ちは年々強くなるばかりだった。

結は変わっただろうか。

彼氏ができただろうか。

幸せにしているだろうか。

泣いたり、つらい思いをしていたりしないだろうか。

何度も想像した。

自宅の電話番号だけは知っていたので、かけてみようと思ったのは一度や二度ではない。

しかし転校前の結の素っ気なさを思い出すたび、その感情にブレーキがかかった。

原因がなんなのかはわからないが、なんらかのことがあって結が大也のことを嫌になったのは間違いない。

そんな相手から電話が来ても、迷惑なだけではないだろうか。

『結に嫌がられるのは、目に見えている。電話をして、なんになるんだ』

そう考えると結局、思いきることができなかった。

アメリカに行っても、バスケットだけは続けていた。

それだけが今の結と大也を繋ぐ、最後の糸のような気がしたからだった。

環境が変わったことと、バスケットの練習に打ち込んだことで、気づいたらいつの間にか、大也の背はぐんと伸び、体形はスリムになっていた。

そのままアメリカの大学に入り、就職を考えた時に真っ先に浮かんだのがパイロットだった。

引き続きアメリカにいるのも悪くはなかったが、大也は日本に戻りたいという気持ちが強かった。

そして、どうせだったら子どもの頃からの夢であるパイロットに挑戦してみたいと思ったのだ。

『パイロットになりたい』

そう思った時、結のことがまったく頭になかったかというと、それは嘘になる。

調べるとエアラインの自社養成訓練生になることが最も近道のような気がしたが、合格倍率は百倍以上とかなりの狭き門だということがわかった。その上、日本は三月、アメリカは五月という卒業時期の違いをカバーするため、通常よりも早く卒業しなくてはならず、アメリカから日本のエアラインに採用されるためには調整が色々必要だった。

落ちたらそれまでと考えて受けた採用試験は、なんと合格だった。アメリカに住んでいて当然英語は話せるようになっていたので、それも採用理由の一つとなったのかもしれない。

アメリカは卒業単位が取れれば通常よりも早く卒業が可能だ。だから一足早く卒業し、六年前の春を迎える前に大也は日本に正式に戻ってきた。

そして、日本に戻ってまずしたのが、結を捜すことだった。

中学生の頃の友人に連絡をして、当時、結と仲が良かった同級生の連絡先を何人か教えてもらった。それから当たるだけ当たったが、今でも結と交流がある者を見つけることはできなかった。

どうやら結は高校生になるタイミングで引っ越しをしてしまったらしい。そこで交流が途切れた人が多く、実家の電話番号も変わってしまっているため、結と連絡を取る術がなくなっていたのだ。

それでも、生きていればいつか会えるのではないかと。

結は恋人がいたり、もしかするともう結婚をしていたりするかもしれないが、やっぱりもう一度だけでも会いたかった。

結には空港で働きたいという夢があった。

だから航空関係の仕事をしていれば、いつかどこかで再会できるかもしれない。

半ば諦めつつも、どうしても捨てきれない思いを抱えて生きてきたのだった。

「おい、聞いてんのかよ」

束の間、意識を過去に飛ばしていた大也だったが、その声にはっと我に返る。

つい考え込んでしまったが、今は山野と一緒にいたのだった。

気持ちを切り替えるようにコーヒーを一口飲むと、片手だけで手を合わせる真似をしながら山野に謝った。

「悪い。なんだっけ？」

「だから、そこまで執着していたその子とは、もう付き合えたのかよ」

「いや、まだ」

大也が首を振ると、山野の表情が呆れたようなものに変わった。

「何やってんだよ。そこまで好きなんだから、さっさと言えよ」

「まあ、そうなんだけど、慎重にいきたいんだよ。焦っても仕方ないだろ。考えてもみろよ。絶対に失敗のできないことをしようとしたら、慎重に確実に、間違いのないように、やろうとするだろ」

「いやそれはそうだけど」

直情型で、一度決めたら突き進むタイプの山野は大也の行動がいまいち理解できないらしい。あまり納得できていない様子に、大也は苦笑いを浮かべた。

「一度は距離を置かれようとしたんだから、慎重にもなるだろ。なんとか繋ぎとめようと、こっちも必死なんだよ。やっと二人で出かけられるところまできたのに、下手をしてまた引かれたら困るだろ」

「まあ、そりゃそうだけどさ」

大也は結を逃がすつもりはなかった。

せっかく再会できたのだ。この奇跡を無駄にはしたくない。

そのためにはまず、目下のミッションはこの合コンの成功だ。

しかし、結も合コンに参加するのだから、大也は当然そのあたりが気になり、できれば信頼できる同僚を誘いたかった。そうなってくると、山野の存在は必要不可欠で、大也はもう一度山野に念押しをしておこうと口を開いた。

「悪いけど、合コン頼むな。また日にちとか細かいことが決まったら連絡する。ちなみに、直近で空いてる日っていつ？」

「いつだっけ。ちょっと待って」

山野から教えてもらった日にちをスマホにメモすると、大也は残っていたコーヒーを飲み干した。空いた紙コップをゴミ箱に捨てようとすると、後ろから声がかかる。

「合コンは二対二？」

「いや、たぶん三対三」

大也は紙コップを捨てながら答えた。結は、あの時一緒にいた同僚の頼みだと言っていた。結が一緒にいたのは二人の女性だ。そう考えると、結を合わせて女性側は三名になるはずだと大也は考えていた。

「じゃあと一人、男が必要になるわけか。誰にするか考えてんの？」

ずばり聞かれた大也は、腕組みをして軽く首を傾けた。

「いや考え中。彼女持ちは誘えないし、そうなると石田とか三村とか近藤あたりは無理だろ。多田とか鈴木は審査控えててそれどころじゃないって話だし、なかなかいないんだよなあ」

「友野は？」

「来てくれると思う？　一応声かけてみるけど」

「無理か。あいつ相当変わってるもんな」

そんな話をしながら、コーヒーも飲み終わったので休憩室から出ようと、どちらともなくドアのほうに足を向ける。

とその時、その開け放たれたドアから、誰かが入ってくるのが見えた。

「何なに？　合コンの話？」

どうやら話が聞こえていたらしい。

その人物は小馬鹿にするような笑みをうっすらと浮かべて、横柄な態度でこちらに近づいてきた。同じ副操縦士の小早川だった。

表面上は平静を装いながら、嫌な奴に会ってしまったな、と大也は内心、眉をひそめた。

「メンバーに困ってんだったら、俺が出てやってもいいよ？」

なぜか上から目線で提案されて、たまらず苦笑いが漏れる。

「あー……もし誰も捕まらなかったら頼むわ。お前、顔いいしな」

長くなると面倒なので、早めに切り上げるために適当に褒めると、小早川はまんざらでもない顔をした。その隙を逃さず言葉を続ける。

「じゃあ、お疲れ」

そう言ってさっさとその場を後にする。部屋の外に出て、休憩所から充分に距離ができると、それを待っていたかのように山野が小さい声で耳打ちしてきた。

「まじで小早川呼ぶの?」

「誰も捕まらなかった時の保険。あいつ合コンめちゃくちゃ出てるって話だし、顔がいいのは本当だから。俺への態度が微妙ってだけで女の子には普通に接するだろうし。慣れてるから盛り上げてくれそうだし」

本当は来てもらいたくはないが、仕方なくだった。大也は小早川のことが苦手だったからだ。

どうしてかはわからないが、ライバル認定されているのだ。

対抗心を燃やして、いちいち突っかかってくる。

なるべく顔を合わせたくない面倒な相手だった。

小早川は自社養成ではなく、航空大の出身だ。けれどたまたま、同じ年に副操縦士に昇格した。大也はあまり気にしていなかったが、色々と比べられることが多かったのかもしれない。気づけば向こうはそういう態度で、だから段々面倒になって、なるべく接触をしないようにしていたのだった。

「そうだよな。人数が欠けるよりましか」

「まあね。背に腹は代えられない」

わざと軽い口調で応答すると、山野は察したのか、頑張れよと言って大也の肩をポンポンと叩いた。

第六章

それから三週間後、夏も盛りを迎えた八月の蒸し暑い夜に、思ったよりも早く、グランドスタッフとパイロットの合コンが開かれることになった。

場所は空港近くのダイニングレストラン。エスニック料理を提供していて、お酒も飲めるところだった。

八時過ぎにお店の前で集合をすると、アジアンテイストの店内に揃って入店する。合コンらしく、男性と女性で分かれて向かい合って座った。

グランドスタッフ側は結、美月、野村の三人だ。野村はあまり異性との出会いに興味はなさそうだったが、人数合わせで美月に引っ張られてきた形だった。それでも、飛行機が大好きでグランドスタッフになったというだけあって、美月にパイロットから貴重な飛行機の話がたくさん聞けるよと言われて、最終的には意外と乗り気になっていた。

パイロット側は、大也が山野と小早川という男性を連れてきてくれていた。三人とも副操縦士だ。並びは結、美月、野村の順で座り、結の前に大也、美月の前に山野、野村の前に小早川という配置だった。

飲み物と食事を頼み、乾杯を済ますと全員が軽く自己紹介をする。外にいると黙っていても汗が垂れてくるほど暑かったので、乾杯のために頼んだ、普段は飲まないビールがやたらとおいしく感じた。

自己紹介の流れで最初はみんなで話し、そのうち、なんとなく会話の輪がばらけていって、最終的に正面に座る人とペアになって一対一で話すような感じになった。

「……ね、みんなイケメンでレベル高くない？　特に山野さん、めちゃくちゃタイプなんだけど」

途中、料理が運ばれてきて会話が途切れた時に、美月がこそっと結に耳打ちしてきた。

結は笑って頷く。たしかに、美月の山野を見る目がほとんどハートになっているのに結も気づいていた。収穫があったようで何よりだと、結もほっとする。

（美月って、濃い顔の人がタイプだったんだなあ……）

山野の外国人のように彫りの深い横顔を盗み見る。ここまで濃いと好みが分かれそうだが、どうやら美月のストライクど真ん中だったみたいで、それだけでもこの合コンを開催した意味はあったと結は思った。

野村は野村で、見れば前に座る小早川に積極的に話しかけている。話題は十中八九、飛行機のことだと思うが、小早川もまんざらでもなさそうに答えているので、こちらも大丈夫そうだなと結は思った。

「春田さんって、緒方と中学校の同級生なんだっけ」

不意に山野に斜め前から話しかけられて、結はそちらを向いた。場の雰囲気を壊さないように愛想良く笑みを浮かべる。

「そうなんですよ。一緒だったのはハルが中学校の途中で引っ越す前までですけどね」

「ハル？」

山野にきょとんとされて、結は、つい癖で自分が昔の呼び名でそのまま大也を呼んでしまったことに気づいた。

「俺、両親が離婚しているから。中学で引っ越す前までは春田だったんだ」

ちょうどいいタイミングで割って入って大也が説明をしてくれる。

「えっ、じゃあ結と同じ名字……？」

それに対して、美月が驚いたような声を上げた。

「そうなの。そこまでありふれた名字じゃないんだけどね」

「えーすごい。運命みたい」

悪気はないのだろうが、美月が突拍子もないことを言いだすから結はどきっとしてしまった。

「そう。俺たち運命なんだよ。奇跡みたいな確率で再会したし」

笑って流そうとしたのに、大也が笑いながらそれよりすごい発言をしたので、結はさすがに平静を保っていられなくなった。

「も、もう。ハルってば。何言ってんの」

冗談ばっかり、と笑って誤魔化そうとするが、声が上擦ってしまう。結は仕方なく手元にあるカクテルを手に取って一口飲んだ。

「攻めるねえ」

「いいなあ結は。私もこんだけガンガンこられたい」

山野と美月にもそんなことを言われて、結はますます困ってしまった。

当の大也といえば、涼しい顔で揚げ春巻きを口に運んでいる。二人の言葉に対して否定しないので、まるで結のことを本気で口説いているみたいな雰囲気になってしまった。少なくとも二人は、大也の言葉を真に受けているようだった。

「私、ちょっと化粧室に行ってくる」

とうとうその場の空気に耐えられなくなった結は、そう口にして席を立った。するとテーブルに置いた手の上に、なぜか大也が自分の手を重ねてきた。

「な、何？」

「トイレの場所わかる？　ちょっとわかりづらいところにあったけど。一緒に行こうか？」

「緒方さん、結のこと好きすぎ」

ちょうどグラスに隠れる位置だったから、二人の手が重なっていることを他のみんなは気づいていないみたいだった。

結は美月のからかうような言葉に「もう、茶化さないでよ」と冗談っぽく言って睨むにら真似をすると、次に大也のほうを向いて「大丈夫」と答えた。

これ以上、変なことは言うなという意味を込めてじろりとしたアイコンタクトを送ってから、するりと大也の手の下から自分の手を引き抜く。

それから足早にトイレに向かった。

（なんか今日のハル、おかしくない？）

同僚と一緒だからだろうか。結に対する態度がいつもと違う気がする。

普段よりもグイグイくるというか……結はずっと押されっ放しだ。おかげで山野と美月からは完全に誤解されている。山野はともかく美月のほうは、後で誤解を解くのが大変そうだ。

そんなことを考えながら鏡でメイクをチェックする。もともと化粧直しもついでにしようと思ってバッグを持ってきていたので、ポーチを取り出して軽くメイクを直した。

トイレから出ると、間接照明だけの廊下は薄暗かった。

隣に男子トイレがあって、その前にスマホを手に持つ一人の男性が立っていた。

空くのを待っているのかなと思いながらもすれ違うのにギリギリの位置に立っているため、結は「すみません」と声をかけて、後ろを通り抜けようとした。

その時、男性が顔を上げてこちらを見た。

「あ……小早川さん」

よく見れば、合コンに参加してくれている小早川だった。彼はまじまじと結を見ると、口の端を上げてふっと笑った。

（ん？　……なんか）

その笑い方に引っかかるものを感じて、結は目を瞬いた。

それでも、大也の同僚だし、わざわざ合コンに参加してくれたのだ。失礼があってはならないと結は愛想良く笑った。

「トイレ待ちですか？」

「うん、まあね」

席が離れていたため、ちゃんと話しておらず、結は小早川がどういう人物かいまいちわからなかった。ただ、野村とはそれなりに盛り上がっているようだったし、最初のほうでみんなで話していた時も嫌な感じはしなかったので、悪い人ではないのだろうと思っていた。

（でもなんか、ちょっと失礼かも）

結を見る目つきや笑い方に妙に引っかかるものを感じてしまう。

なんとなく値踏みされているような。微妙に上から目線というか、こちらを下に見ているような雰囲気が伝わってくるのだ。

たしかにパイロットだし、顔もやや軽薄そうではあるが整っていてイケメンの部類だといえる。グランドスタッフで容姿が普通な結と比べれば、自分のほうがステータスは高いと思っているのかもしれない。

けれど、それを態度に出してしまうのは、いささか失礼ではないかと思う。

あまり話すこともないので、結は早々にここから立ち去ろうと決めた。

「私、先に戻ってますね」

そう言って軽く会釈しながら小早川の後ろを通ろうとした時、その行動を阻むかのように、小早川が結のほうへ身体を寄せてきた。

「ちょうどいいからさ、連絡先教えてくれない？」

言いながら手に持つスマホを見せつけるように揺らす。

そのアピールの仕方もなんだか嫌だった。

しかし大也の同僚ということもあり、はっきり断るのは躊躇われて、結は困ってしまった。

「あ、変に誤解しないでね。俺、合コンした時は女の子全員と連絡先を交換しているだけだから。瞳ちゃんとも交換したし」

瞳とは野村の名前である。

野村の連絡先を画面上に表示すると、小早川はこれが証拠といわんばかりに、わざわざそれを結に見せてきた。

そのどこかちょっとズレた行為に結が呆気に取られていると、今度は二次元コードを画面に表示させて、結の前にずいっと突きつけてきた。

どうやらこれを読み取れということらしい。そこまでくると結も断れず、結局そのまま連絡先を交換することになってしまった。

「なんかあった？　大丈夫？」

小早川と連絡先を交換した後、結はなかなかトイレが空かない様子の小早川を残して、そそくさと席に戻った。大也は長い時間戻ってこない結を気にしていたようで、席に座るとすぐに声をかけてきた。

「何もないよ。大丈夫」

問題ないよと言わんばかりに笑うと、大也は少しほっとした様子を見せた。その顔を見ながらふと考える。

（小早川さんと連絡先交換したこと、一応ハルに言ったほうがいいよね……）

連絡がくる可能性は低そうだが、小早川は大也の同僚だしある程度は把握しておきたいだろう。

しかしこの場で話すのはさすがに躊躇われる。

今度会った時か連絡を取った時に「実は……」みたいな感じで言えばいいかと、結は結論づけた。

その後は特に問題もなく、合コンは続いた。

十時半を過ぎた頃合いでそろそろという雰囲気になり、和やかなムードのまま解散。

結は大也に送ってもらって帰った。

美月は山野とある程度交流を深められて満足そうで、野村は飛行機トークをたくさんできたとこちらも満足そうだった。

とりあえず無事に終わって良かったと、結は胸を撫で下ろしたのだった。


合コンがあった日の翌々日。

結は遅番のシフトに入っていて、美月は早番でちょうど入れ替わりだった。結が出勤するのを待っていたらしく、更衣室で顔を合わせると美月は満面の笑みで話しかけてきた。

「おとといの合コン、ありがとう。すごい楽しかった」

「どういたしまして。山野さんと仲良くなれて、良かったね。連絡取ってるの？」

嬉しそうな美月に釣られて結も笑みを浮かべながら応じる。美月は照れたようにへへっ、と笑った。

「うん。けっこうやり取り続いててさあ。いい感じかも」

「へえ、いいなあ」

美月の上機嫌さが伝わってきて、結もなんだか幸せな気持ちになった。良かった良かったと思いながら制服に着替えていると、美月は「何言ってんの」と呆れたように言った。

「自分だって、緒方さんと順調じゃん。あれはもう、ほぼ付き合ってるよ」

「ええ？　そんなんじゃないよ」

やっぱり勘違いされていると思いながら、結はきっぱりと否定した。ここが誤解を解くチャンスだと思ったからだった。

「本気で言ってる？　完全に好きな女に取る態度でしょ。緒方さんのアレは」

「いやあ。あっちは、ただの仲がいい友達だと思ってると思うよ」

はっきり言いきると、美月は残念なものを見る目つきを向けてきた。そして、「緒方さんも気の毒に……」と何やらぶつぶつ呟いている。

（だめだ、全然聞く耳もってくれない……これはもう言うしか……ないかも）

実は合コンあたりから結には考えていたことがあった。たしかに大也の態度は少々誤解を招くものだったかもしれない。しかし、そういう関係ではないのに誤解されたままなのは良くないだろうし、大也だって困るだろう。

結は覚悟を決めると、自身を奮い立たせるかのように、ふっと息を吐いた。

「……美月さ、聞いてほしいんだけど。私と緒方さんは、小学校から中学校にかけてけっこう仲が良くて、私は緒方さんのことが好きだったんだけど……」

ぎゅっと胸が苦しくなり、結はいったん、言葉をきった。

「緒方さんは、他の女の子が好きだったの。当時、たぶん一番緒方さんと仲が良かったのは私だったと思うんだけど、彼は私を好きにならなかった。つまり私はどんなに仲が良くたって、緒方さんの恋愛対象にはならないの。それがいきなり、再会して私のこと好きになったりすると思う？　そんなこと……」

「あるでしょ」

このままじゃ埒が明かないと思った結は、過去を掘り返したくなくて今まで黙っていた大也とのことを、美月に話して聞かせた。

結にしてはかなり思いきって打ち明けたはずだったのに、それに被せるようにばっさりと否定されて「えっ」と思わず小さく声が漏れる。

「あのさ、中学生なんて恋に恋する年頃でしょ。ちょっとスポーツができるとか、勉強ができるとか、他の人より見た目がいいとかだけですぐに好きになっちゃうわけじゃん。それはもう、芸能人とかを好きになっちゃう感覚と一緒で、憧れに近いもんだよ。ただの思い込みと同じ。その時のそれをその人の恋愛パターンとして確定しちゃうのは、ちょっと違うんじゃないかって私は思うけどね」

はっきりとした言葉で言いきられて、思わずぽかーんとなってしまった結に向かって、美月はびしっと指をさしてみせた。

「その頃は目に見えることを優先して、本当に大切なものに気づけなかっただけでさ。大人になって広い視野で見てみると、よく考えてみたらやっぱりこっちのほうが良かったじゃん、なんで気づかなかったんだろうなんてことは、いっぱいあると思うんだよ。要はそういうことなんじゃないの？　考え方とか価値観なんて、常に変わっていくわけだし」

一気にそう言った美月は、落ち着いたトーンで結を諭すように話しかける。

「緒方さんは、中学生の時は気づかなかったけど、再会して一緒にいたら楽しくて、結のことを改めて好きになったんだよ」

あまりに迷いなくずばりと指摘されて、がんと頭を殴られたようなショックが結を襲う。

大也のことについて、寿葉以外に打ち明けたのはこれが初めてだった。

そして、ここまでストレートに言われたのも初めてだった。

しかし結はショックを受けると同時に、まるで新しい答えを教えてもらったかのような、妙な感動も覚えていた。

美月の言葉は結にとって、まさに目から鱗だったのだ。

たしかに自分は、自分の中にある狭い価値観で決めつけすぎていたのかもしれない。

結は自分を省みた。

結だって、中学生の時とは考え方が変わっている部分なんてたくさんある。

それに、大人の大也にだって、あの頃にはなかった「いいな」と思う部分がたくさんあることを、結はいくつも見つけていた。

「結は、緒方さんのこと好きじゃないの？　そんなことないよね。好きじゃなかったら、二人で何回も会ったりしないでしょ」

これを否定することは、結にはもはやできなかった。

美月の言うとおりだったからだ。

好きじゃなかったら、何回も会ったりしない。

好きにならないように、自分を無理に抑制すること自体がもう、相手を好きになっているということに他ならないのだ。

結の沈黙を肯定だと受け取ったらしく、美月はうんうんと頷いた。

「それと同じことが、緒方さんにも当てはまると思うのよ。いやむしろ向こうのほうがかなりはっきり行動で示してる。好きじゃなかったら、あんなふうに待ったりすること、絶対しないよ。合コンを開いてくれたのだって、どう考えても結にお願いされたからでしょ。それに何より、もう結を見る目がはっきり好きだって言ってるもん。めちゃくちゃ大事にされてんじゃん」

数々の証拠を突きつけられて、結はもう返す言葉もなかった。

美月が言ったことはなぜだか、ものすごい説得力をもって結の心に響いた。頑(かたく)なだった結の考えを溶かすほどに。

結はおそるおそる口を開いた。

「そう……かな」

「そうだよ、絶対そう。ね、気になるなら今度、聞いてみればいいじゃん。絶対、否定しないと思うよ」

「聞く……そうだね。聞けたら、聞いて、みようかな」

不思議なことに、そう言葉にしたらなんとなく自分でも聞けそうな気がしてきた。

怖いことは怖い。

もし勘違いだったらという不安は、やっぱりつきまとう。

それでも大也だったら。

今の大也だったら、普通に受け止めてくれそうな気がした。それはいつも、大也が結のどんな話でも、優しい顔で真剣に聞いてくれていたからかもしれない。

「よし、その意気だよ！　頑張れ。……ってごめん、だいぶ引き留めちゃったけど、結は時間、大丈夫？」

「あっ、やば」

壁に掛かる時計を見れば、なかなかにいい時間だった。結は慌ててロッカーに脱いだ服を突っ込んだ。


その日のシフトは遅番だったので、終わったのは夜の十時を回っていた。着替えを済ますと、結はオフィスを出て家路についた。夕方の休憩で夕食的なものは食べているが、その後も働いているのでお腹が空いている。少しだけ何かを食べようと途中のコンビニでゼリーを買って家に帰った。

遅番の日は帰宅が夜遅くになるので、アパートは駅近の場所を選んで住んでいる。夜道をあまり歩きたくないからだ。

熱帯夜が続いていて、少し歩いただけでも汗が出て全身がべたつく感覚があった。さらっとした素材のオールインワンを着ているはずなのに、それが肌に張りついてくる。結は帰ったらすぐにシャワーを浴びようと決めた。

部屋に入ると結はすぐに鍵を閉め、ワンルームの室内に足を踏み入れる。

と、その時、バッグの中でスマホが震えた。結はスマホを取り出すと画面に目を落とした。

「えっ、小早川さん……？」

画面に表示されていたのは、意外な人物の名前だった。結は少し躊躇ったが、結局はその電話に出た。

「……はい」

『あ、結ちゃん？　俺おれ、この前の合コンで一緒だった小早川』

「……こんばんは。合コンではありがとうございました」

いきなりの『結ちゃん』呼びが気になったが、突っ込むこともできないのでそのまま会話を続ける。一体なんの用なのだろうと頭の中に、ハテナマークが飛び交っていた。

『あのさあ。今、何してる？』

外にいるのか、周囲が煩く声が聞き取りづらい。それでも意味は伝わったので、結はひとまず話を続ける。いきなりの質問に、少々驚きながらも結は口を開いた。

「家にいますけど……」

『あ、じゃあちょうど良かった。一緒にメシ行かない？』

これに結は思わず言葉を失った。

まさか、ご飯に誘われるとは思っていなかったからだった。合コンでまともに話したのは、トイレの前で会った時だけ。小早川はずっと野村と話をしていた。誘われるのであれば、野村のほうなのでは？　突然すぎて、かなり戸惑ってしまう。

「いえ……すみません。もう寝るところだったので」

『え、いいじゃん。ちょっとだけ』

謎（なぞ）に粘られて、結はますます困惑する。

小早川に対して、あまり良いイメージがなくて、正直、どんなタイミングであっても一緒に食事なんて勘弁願いたかった。

「すみません。本当に今日はもう。明日も早いんで」

『ふーん……あれ、緒方と付き合ってんだっけ？』

今度は急に大也の名前が出てきて、結はひどく面食らった。

「……いえ、付き合ってないですけど」

だいぶ硬い声で答えてしまう。この時点で、結はもう警戒心しかなかった。できるならば、早く電話を切りたい。

『え、じゃあ別にいいじゃん。行こうよ』

（この人、話が通じない！）

一体、なんで『じゃあ』になるのか。結は、時間が遅いから食事に行かないと言っているのだ。大也の名前なんて、一切出していない。あまりのしつこさと話の通じなさに、結はなんだか怖くなってきた。

「えーと、ごめんなさい。緒方さんは関係なくて、私は……」

『緒方だって女の子とけっこう遊んでるんだから、結ちゃんも遊んだほうがいいんじゃない？』

結の言葉を遮るようにして発せられた台詞に、一瞬声が出せなくなった。

（え……今、なんて言った？）

結は耳を疑った。どくんと心臓が嫌な音を立てて跳ね、胸がざわめいて落ち着かなくなる。

「えっと……今、緒方さんのことは関係ないですよね。明日早いので、今日は行けません。寝るところでしたので、これで失礼します」

結は一方的にそれだけ言うと、強引に電話を切った。

こんなふうに電話を切ったことなどないので、心臓がバクバクしている。けれどもうこれ以上、話を続けることが結にはできなかった。スマホを置くと、強い疲労感が結を襲った。気づけば、全身汗だくだった。

（……はあ、一体なんなんだろ）

結はげんなりしながら出勤するための電車に揺られていた。

突然の電話で小早川に食事に誘われた日から三日が経過しているが、なぜか毎日のように小早川から着信があるのだ。

最初の時にだいぶ話が通じなくて怖かったので、それ以来電話には出ていない。それでもめげずに電話してくることに、結はちょっとした恐怖を感じていた。

あいにく、こういう時に限って大也はフライトで海外に行っていて、連絡が取れない状態だった。次回の約束のためにお互いの予定を擦り合わせた時に、大也がちょうどそのあたりのシフトを教えてくれたのだ。その時は予定が合わず、まだ次の約束はできていなかった。確か、今日帰ってくるはずなので、そうしたら相談をしようと決めていた。

せっかく大也の気持ちを聞く決心を固めたところだったのに、それどころではなくなってしまった。それだけでも、ずんと心が重たくなる。

あまり日をあけると決心が鈍りそうだから、なるべく早く小早川のことをなんとかしたいと思っていた。

美月と野村に聞いたところ、二人とも合コンで小早川と連絡先を交換してはいるが、一度も連絡は来ていないとのことだった。

野村はなんと合コン中、ずっと飛行機の話をしていたらしく、小早川の個人的なことは何も知らないと言っていた。

(ハルのこと、けっこう遊んでるって言ってたな。本当かな……)

とはいえ〝遊ぶ〟というのは、一体どういう行動のことをさしているのだろう。適当に言っただけかもしれないが真偽がわからないが故に、ひどく気になってしまう。

信用ならない人物なので、話したことを鵜呑みにするのは間違っていると思う。

しかし同僚ということは、最近再会したばかりの結よりは、色々な大也を知っているわけで。

たしかに、今の大也はモテるだろう。

しかし、会っている時に女性の影を感じたことは一度もないし、その性格からも、適当に遊んでいるようには到底、思えないのだ。

まったくそのへんのことを想定していなかったからか、意識をすると大也の女性関係について俄然、気になって仕方ないという状態になってしまった。

最近の結は遅番が続いていて、明日はようやく休みだった。

今日の仕事が終わったら、スイーツでも買って家でゆっくりしようと自分を励ましながら、仕事に向かったのだった。


……せっかくそう思って、一日頑張ったのに。

仕事が終わった結に待っていたのは、あまり歓迎できない事態だった。

オフィスを出たところで結を待つ人物がいたのだ。

これが大也だったら嬉しかったのだろうが、今、最も関わり合いたくない人物——小早川だった。

その登場の仕方もまた突拍子がなく、オフィスを出たところでいきなりぬっと現れて、結は心臓が止まるかと思った。

「俺も今、終わったんだ。偶然だね」

とても偶然とは思えない登場の仕方に、結の顔が思わず引きつる。それでも結は「お疲れさまです」と一応挨拶を返した。

「なんで電話に出てくれないの？　何度もかけたのに」

もしや、結が電話に出なかったから、こうやって待っていたのだろうか。そう考えると背筋が冷たくなるような感覚があったが、結は愛想笑いを浮かべながら、会釈をした。

「すみません。ちょっと忙しくて。今日も急いでるんで、失礼しますね」

そう言いながらその横を通ろうとする。

結に、まともに受け答えをする気はなかった。

しかし通り過ぎる前に、横から伸びた手が結の腕を掴んだ。

「そんな、さっさと帰らなくてもいいじゃん。今日こそ一緒にメシ行こうよ」

（この人、しつこい……！）

これにはさすがに結もうんざりした。

ここはまだオフィスを出たばかりのところだ。

だから小早川も滅多なことはしないだろうと、怖いと感じるところまではいっていない。しかしこれがまったくの外であったら、恐怖で泣いていたかもしれない。

それぐらい、小早川の行動はおかしかった。

どうして結にそんなにかまうのだろうか。結にはそれがものすごく謎だった。

たしかに小早川の上から目線の態度は鼻につくし、口調もチャラくて軽薄そうだが、なんといってもパイロットで、容姿も整っている。

おそらく黙っていても女性は寄ってくるだろう。それなのに、結にこんなに時間を割く意味がわからなかった。

「あの、小早川さん。何が目的なんですか？　別に私自身に興味があるわけではないですよね」

このままだと埒が明かないと思い、結はずばり聞いてみることにした。すると、小早川の結を見る目が一瞬すっと細くなった。

「へえ、けっこう頭は回るんだな。別に目的なんてない。俺は君が緒方に遊ばれてるみたいだったから、かわいそうに思っただけ。緒方の本当の姿を教えてあげようかなって」

「本当の姿？」

結は思わず眉をひそめた。なんとも胡散臭い話だと思った。

しかし、そう言われて『本当の姿』というものに、強く興味を引かれたのもまた事実だった。

言われてみたら、結は大人になってからの大也をまだよく知らない。都合の悪いことは、隠そうと思えば簡単に隠せるだろう。

結から見た大也ではなく、他者から見た大也を知る機会は、結にはほとんどないのだ。

それに、きっと小早川はそれを結に伝えるまでは引き下がらないだろう。

「わかりました」

結は静かな声で言った。

「お話を聞きます。食事の気分ではないので、カフェとかでもいいですか？」

突っぱねるのではなく受け入れるのは、結にしては思いきった判断だった。結の言葉を待っていた小早川がにやりと嫌な笑いを浮かべた。


駅前にあるチェーン店のコーヒーショップにそのまま二人は移動した。

閉店が近いこともあって店内は閑散としている。

注文したカフェオレを受け取った結は、そこで美月からスマホにメッセージが来ていることに気づいた。

離席することを小早川に断ってからトイレに行き、結はそのメッセージを読んだ。

【小早川さんから連絡が来て、結が今日仕事に出てるか聞かれたから教えちゃったん

だけど、大丈夫だった？　なんか大事な話があるとか言ってたけど】

結は、なるほどと思った。結が今日遅番だったのをどうして知っているのか疑問だったが、美月から聞いていたのだ。謎が一つ解けて、結は少し安心する。もしかしてストーカーまがいの行為をされているのではないかと小早川を疑っていたのだ。

【大丈夫だよ。今、会ってる。ちょっと話聞いたら帰るから】

そう送ってトイレから出ようとすると、美月側もたまたまスマホをいじっていたのか、すぐに返信があった。

【二人で？　大丈夫なの？　どこで会ってるの？　話ってなんだったの？】

ハテナマークが文面にたくさん飛んでいて、結は思わず苦笑いを浮かべた。あまり時間をかけられないので、手早く返信をする。

【二人だけど大丈夫だよ。駅前のコーヒーショップでちょっと話すだけだから。なんの話かは、これからだからまだわからない】

最後にまた連絡するねと送ると、結はスマホをバッグへ仕舞った。

トイレを出て、小早川が座る席へと向かう。

「すみません。お待たせしました」

そう言って結は席に座る。小早川は無表情にコーヒーを飲んでいた。結もカフェオレを一口飲むと、思いきって口を開いた。

「えーと、じゃあ、教えていただけませんか。その、緒方さんの本当の姿というのを」

「わかった。言っとくけど、これからする話は変に誇張したものじゃないからね。ただ、人から聞いたものもあるから、必ずしも俺自身が見たり聞いたりしたものではないということをまず、理解してほしい」

「……わかりました」

結が返事をすると、小早川は満足そうに頷いた。

「OK。まず緒方はモテる。そして、基本的にはCAとしか付き合わない」

「え」

最初からまあまあの爆弾を落とされて、結は驚いたように目を瞬いた。

「今まで付き合った女は全員、CAだった。これは緒方と付き合っていたというCAから聞いたから間違いない」

具体的に元カノの存在をちらつかせられて、急に話に現実感が帯びたような気がして、結はぎゅっと唇を引き結んだ。

「たまたまじゃ……」

「いや、違う。緒方はとんでもなく面食いだって話。CAにはきれいどころが多いから、そこから狙うのが効率的だと考えてるんだろうね。基準に満たない女は使い捨てで、やったらポイ。つまり……」

そこで小早川は言葉をきって、意味ありげに結を見た。

「私のことも……？」

「そのとおり。君は緒方の彼女にはなれない。セックスしたらポイ捨てされるだけ。だから俺は同情したってわけ。ほら、君ってそういうのに免疫なさそうだから」

ずいぶんな言われように、結は若干イラッとしたが、今はそんなことを気にしている場合ではなかった。

これが本当のことなのか、小早川の話だけではなんとも言えなかった。話だけならいくらでも作ることができる。

結は正解を探るように、小早川をじっと見た。

「信じるか信じないかは君の勝手だけど、あいつを全面的に信頼しないほうがいい。だいたいおかしいだろ？　あんなにモテる奴が君みたいな、特別美人でもなけりゃ何か秀でた能力があるでもない、普通の女の子と付き合おうとするなんて」

なぜか得意げな顔で、さらりと非常に失礼なことを言われるが、そこに引っかかっている場合ではないので、ぐっと我慢してとりあえず聞き流した。

「CAの中には、二股や三股でもいいから付き合いたいっていう女だっていて、実際同時進行だったことも一度や二度じゃないみたいだ。俺はあいつと何度か同じ合コンに出たことがあったけど、必ず誰かしら持ち帰りしてたみたいだし。まあ、それはほとんど遊びでやったらポイしたって……」

「もう、わかりました」

次から次へと出てくるクズ代表みたいなエピソードにとうとう耐えきれなくなった結は、小早川の話を遮るように、一言割って入った。

聞いていられなくて伏し目がちになっていた眼差しを上げて、まっすぐに小早川を見る。

「これ以上はもう、大丈夫です。よく、わかりましたから」

そう言うと、結は勢い良く席を立った。

「は？」

「貴重なお話を聞かせてくださって、ありがとうございます。でももう充分ですので、これで失礼します」

半ば言い捨てるようにそれだけ言うと、結はぺこりと頭を下げて踵を返した。

「おい、勝手になんだよ……おい！」

後ろで小早川が何か騒いでいたが、かまわず返却場所にカフェオレのカップを置くと、無視してそのまま店を出る。

外は相変わらず、夜になっても下がらない気温で蒸し暑かった。エアコンで冷えた身体をむわっとした熱気が包む。結は自身を落ち着かせるように息を吐いて一度立ち止まると、腕時計に目を落とした。

（まだ電車があるから、電車にするか）

それから駅に向かって歩きだす。

すると、二、三歩も歩かないうちに後ろから腕を掴まれて、結局、結は足を止めざるを得なくなった。

「おい、待てよ」

あんなふうに切り上げたら、小早川は怒るだろうとは思っていた。

しかしこんなに激高（げっこう）して追いかけてくるとまでは思わず、結は驚いて振り返った。

「せっかく俺が親切心から教えてやったのに、その態度はなんだよ。普通はもっと感謝するところだろ」

「ええ。感謝してます。お礼も言いましたけど」

結はすぐに冷静に返答した。

グランドスタッフというのは、意外とクレームを受けることが多い職業でもある。飛行機が遅延したり、荷物の未着があったりすると怒鳴るお客様もまいるので、これぐらいで怯えたりはしない。興奮した相手にはある程度、耐性があったし、逆に、怒鳴っている人を見るとすっと冷静になる癖もついていた。

「他に、どうしてほしいんですか？」

小早川にしてみれば、伝えたいことはある程度伝えて、目的は果たしたはず。それなのに、ここまで怒るというのは、きっと最終目的にはいたっていないからなのだろう。

この態度を見れば、考えていることはだいたいわかる。

きっと彼は結が話を真に受けて、大也ともう会わないと言って泣く展開まで期待していたのだ。

小早川の真意がある程度わかったことで、結は少しばかり落ち着いて考えられるようになっていた。

（つまり、離れさせる？のが目的だったってことだよね）

そう考えれば、その話の真偽もにわかにあやしくなってくる。

そもそも、大也が面食いで遊び人だという話は無理があるように思えてならない。大人になってからの彼については、結はまだ一面からしか見ていないかもしれないが、どうしてもそんなことをする人間には思えないのだ。

結は、小早川の口車にのって少しでも大也を疑い、ここまでついてきてしまったことを後悔していた。

大也と小早川。どちらを信じるかといったら、それは火を見るよりも明らかだった。

「おい……お前、俺の話信じてないんだろう。だからそんな態度なんだな？　え？」

「そういうことじゃないですけど。一方からの話だけを信じるわけには」

もはやクレーム処理のような様相を呈してきているが、結が言葉を選びつつも応答すると、思いどおりにいかないことに焦れたのか、小早川はもっと逆上してきた。

「わからない女だな。別に緒方から話を聞く必要なんてない。そうなったら最後、やり捨てされるのがオチだぞ。そういう目にあわせたくないから、俺は親切に」

興奮した小早川がさらに結との距離を詰めようとしたところで、結たちの間にさっと割って入ってきた影があった。結は驚いて目を瞬く。

（えっ）

「何、やってんだよ」

その人物はまるで庇うみたいに、結を自分の背中に隠した。

顔を見なくても、背格好と声ですぐにわかる。

大也だった。

「どうして……」

大也は首だけ振り返ると、結を安心させるように笑みを浮かべた。

「東川さんから連絡もらった。遅くなってごめん」

「美月から？」

「うん。春田が小早川と会ってて、なんか心配だからって」

走ってきたのか、その額にはうっすらと汗が滲んでいる。

「小早川。これはどういうことだよ」

大也は小早川に向き直ると、投げつけるように言葉を発した。それから、周囲を見回してため息をついた。

「店の前で迷惑だろ。それに、ここは目立つ。場所を変えるぞ」

そう言って、くいっと顎で建物の陰を指し示した。

三人で場所を移動した後、大也は改めて小早川に向き直った。

結はその怒気を孕んだ目を見て、大也がけっこう怒っていることに気づいた。

「聞こえてきたんだけど、俺が春田をやり捨てするみたいなこと言ってたよな？　どうして、そんなでたらめを春田に吹き込もうとしたんだよ」

小早川は完全に不貞腐れた態度で、大也のほうも見ずに遠くへ視線を向けている。

「……でたらめじゃないかもしれないだろ」

あさっての方向を見ながらぽそっと発した言葉に、大也のまなじりが吊り上がった。

「まるっきりでたらめだろ。もしかしてお前まだ、あのこと根にもってんのか」

「……あのこと？」

横で聞いていた結が思わず声を発すると、大也は少し言い淀んだ後に、息を吐いてから口を開いた。

「前に、小早川が口説いていたCAから言い寄られたことがあったんだ。二人ぐらい立て続けに」

「……三人だよ」

「ほら、やっぱり根にもってる。いい加減にしてくれよ。春田まで巻き込んで。関係ないのに、こんなのいい迷惑だろ」

おそらく相当に頭にきているに違いないが、大也は一生懸命冷静になろうと努めているように見えた。それでも詰め寄って顔を近づけると、小早川は子どものようにそっぽを向いた。

「関係なくないだろ。その女をお前は本気で大切に思っている。その女に振られたら、ちょっとは俺の気持ちがわかるだろ」

「……はあ？　やり方が姑息すぎんだろ」

「うるせえな。お前に俺の気持ちがわかるかよ。せっかく苦労してパイロットになって女にモテモテな人生をおくれるって思ったのに。どこいっても緒方、緒方で、挙句の果てにコーパイの中で一番優秀とか言われやがって。少し躓けばいいって思って、何が悪いんだ」

完全に開き直った小早川は不貞腐れた口調でそう毒づいた。それを見た大也は額に手を当てて大きなため息をついた。

「春田……ほんとごめん。こんな内輪のゴタゴタに巻き込んで。こいつに色々言われて怖かったよな。大丈夫？」

「ああ、うん……大丈夫」

大也が心配そうに、結の様子を窺っている。しかし結はというと、その前の二人のやり取りの中に聞き捨てならない言葉があって、それどころではなかった。

（……さっき私のこと、本気で大切に思っているとかなんとか言われてなかった？　ハルはそれ、否定してなかったよね。それって……）

さっきまで、少しぐらいは小早川に対して不快感や恐怖感、憤りの気持ちがあったが、そんなことは一気にどうでも良くなってしまった。

先ほどの言葉は、額面どおりに受け取ってしまってもいいのだろうか。鼓動がドクドクと速まっていくのを感じた。

「何か、他に言われたりされたりしなかった？」

大也が続けて聞いてくる。心ここにあらず状態だった結は、無理やり意識を引き戻した。

「……うんまあ、似たようなことだけど、ハルの元カノは全員ＣＡとか、ハルはＣＡしか相手にしないとか、私は普通すぎるから絶対、彼女にはなれないとか……」

他にも色々言っていたような気がするが、こんなところだろうか。

思い出しながら結が話していると、大也の顔がどんどん険しくなっていった。

「おい、嘘ばっかりじゃねえか。俺、ＣＡと付き合ったことなんてないんだけど。ほんと最悪だな」

それだけ腹が立ったのか、大也にしては珍しく強い言葉で小早川を責めるが、小早川はいまだに不貞腐れた顔をしてむっつりしている。

その態度を見て、呆れたように大也は頭を振った。苛立ちを抑えようとしているのか、ふーっと長く息を吐く。それから眉をひそめて考え込む様子を見せた大也は、何かを決めたような顔でもう一度口を開いた。

「そういう態度なら仕方ないな。俺が懇意にさせてもらってるキャプテンたちに、今回のことを報告する」

「はっ？」

すると、小早川の顔が一瞬にして気色ばんだ。

「お前、それはずるいぞ……！　何チクろうとしてんだ」

「だったら、報告されてまずいと思うことはするな。お前が悪いんだろ。お前のグループのグループ長は誰だっけ？　ってをたどればそこまで耳に入れることもできる。ああ、悪口を吹聴されて悪質な社内いじめを受けているって、コンプラ違反で内部通報してもいいかな」

「待て待て待て！」

追い詰めるように並べ立てた言葉を聞いて、端で見ていてわかるぐらい一気に青ざめた顔色になった小早川は、大声で大也の言葉を遮った。

そして、苦しそうに顔を歪めてしばらく動きを止めた後、急に、驚くべき行動に出た。

なんと、がばっと地面に這いつくばったのだ。

「申し訳ない！　このとおりだ。もう絶対に事実と違うことを、誰かに言ったりすることはしない。約束する。約束するから、どうかこのことを社内で広めるのはやめてほしい」

そのあまりの変わり身の早さに、結は呆気に取られた。

頭を下げるその様子を、呆然と見る。初めて見る謝罪の仕方に驚き、何も言葉を発することができず、固まるばかりだった。

「春田にも謝れよ。一番の被害者だろ」

しかし、大也はそれでも冷静だった。態度を崩さずに冷たく言葉を発する。

一度顔を上げた小早川は結のほうに向き直ると、真面目な表情をしてもう一度丁寧に頭を下げた。

「事実でないことを言ったり、大声で怒鳴ったりして不快な思いをさせてしまい、本当に申し訳ありません。二度とこのようなことはいたしません」

その言葉を聞いた大也は、結のほうへと顔を向けた。

「春田、どう？　こんなことぐらいじゃ気は済まないかもしれないけど。もう二度と近寄らせないし、連絡もさせないから」

気遣うように言われて、結は困った顔をして目を瞬いた。

「う、うん。大丈夫。もうそのぐらいで……私は」

たしかに、色々と不快な思いはさせられたのだが、そこまでの謝罪を望んでいたわけではなかった。

ただ、ここまでされて何も謝罪がないというのもきっと納得がいかなかっただろうから、結的にはこれで充分だった。

そんな結の反応を見た大也は、何も言わずぎゅっと結の手を握った。

その後、小早川にスマホを出すように言った大也は、目の前で結、美月、野村の連絡先や通話履歴などを完全に消去させた。

そして結はもちろん、美月や野村にも、もう一切関わらないと固く約束をしてもらう。

「約束を破ったら、さっき言ったこと全部、実行するからな。もう二度とこんなことするなよ」

「……わかったよ」

大也の念押しに力なく頷くと、小早川は結に向かって最後にもう一度頭を下げてから、とぼとぼと去っていった。その後ろ姿は、まるで別人のように萎んで見えた。

それを見送ると、大也は結をちらっと見てから「はあぁ」と大きく息を吐いた。

「ほんと、ごめん。俺がバンクーバーに行っている間になんか大変なことになってたんだな。連絡もらった時、まじで息が止まりそうになった。危害とか加えられてなくて、本当に良かった……」

心底安心している大也を見ていると、結もかくんと身体の力が抜けそうになった。

そんな結を、大也が慌てて支える。

どうやら結も意識はしていなかったが、相当気を張っていたらしかった。緊張の糸が緩んで、その反動が一気に押し寄せてきた形だった。

「怖かったよな。本当ごめん」

「……ハルのせいじゃないよ」

「いや、でも最初に合コンにあいつ連れてきたの俺だから。ちょうど参加できる人があいつしかいなくて。でもこんなんだったら、無理に人数合わせなくても良かったよな」

後悔の滲む声に、結はふるふると頭を振った。今さらそんなことを言っても、仕方のないことだ。まさか小早川があそこまでしでかす人間だったなんて、その時には予期できなかったのだから。

腰を支えてくれている大也の手のひらの感触が温かい。その温かさに勇気づけられるようにして、結は口を開いた。

「ね、聞いてもいい？」

「ん？」

返答する声がやたらと優しく聞こえるのは、気のせいなのか。

結は下から大也の顔をじっと見上げた。

「さっき話してた、私のことを本気で大切に思ってるって……本当？」

一瞬、驚いたように大也の目が見開かれた。その顔に少し赤みが差したような気がした瞬間、手の甲を口元に押しつけながら、大也は恥ずかしそうに視線を横にずらした。

（照れてる……！）

結は驚いた。いつも余裕そうにしている大也がまさか照れるとは思わなかったのだ。

大也は少し間を空けると、その視線のままで、「そうだよ」とぼそりと言った。

「うわ、だめだな俺。ごめん、仕切り直させて」

そのまま沈黙が続いたが、不意に大也が、その微妙な空気を変えようとするかのように声を上げた。

顔をきりっとさせて結に向き直る。

「再会して一緒に過ごすうちにいつの間にか、春田のこと好きになってた」

「……うん」

結は小さな声で返事をした。恥ずかしかったのもあったが、急に胸が詰まったようになって、なぜだか泣きそうになってしまったのだ。

「俺と付き合ってください」

その言葉を聞いた時、結の中で何かが弾けた。熱いものが込み上げて、涙で視界がぼやけた。

胸に湧き上がる狂おしいほどの喜び。それを感じながら結はふと、思った。

きっとあの時だめだったから、今がある。こうやって気持ちを確認するところまで至れたのは、大人になった今だからこそなのだ。

心の奥に押し込んで封印していた、消えてしまいたいほど悲しい気持ちや苦しかった想いが解放されて、溶けてなくなるような心地を覚えた。

「春田……？　え、泣いてる⁉」

俯いたまま、なかなか結が返事をしなかったからだろう。訝しそうに結の顔を覗き込んだ大也が、驚いた声を上げた。

「えっ……え？　なんで泣いて……？　俺なんかした？」

再会してから、こんなに慌てる大也を見たのは初めてだった。なんだかおかしくなって結はくすりと笑った。おかげで涙はあっさりと引っ込んでくれて、結はそのままクスクスと笑った。

「ごめん……嬉しくて。私も好き。付き合いたい」

笑いながらになってしまったが、一気にすべてを言うと、大也が腕を引き寄せて、そのままぎゅっと結の身体を抱きしめた。

「あー焦った……。断られるかと思った」

「ごめん」

夢にまで見るほど大好きだった大也に自分は今、抱きしめられている。

その事実に、結は軽く感動を覚えた。

ずっと知りたかったその感触は、温かくて優しくて。できることなら、ずっとこのままでいたいと思った。

「春田……いや、結って呼んでいい？」

「うん、もちろん」

結は大也の腕の中で恥ずかしさを感じながらも笑って頷いた。

「俺のことも、これからは名前で呼んで」

「うん……わかった」

「結」

大也は抱きしめていた腕を緩めると結の身体を少し起こして、改めて向き直るような姿勢を取った。

それで結も予感する。

大也の顔が少しずつ近づいてくる。結は顔を上に向けて、目を閉じた。

柔らかい感触が唇に落ちる。

これが結の、ファーストキスだった。

第七章

た。

「結、着いたよ」

肩を揺さぶられて、結はゆっくりと目を開ける。そして寝ぼけながら周囲を見回し
「あれ、私……」

「デートの帰りに寝ちゃったんだよ。ごめん、今日はけっこう歩いたから疲れたかもね」

そこで結はようやく状況を把握した。

今日は久しぶりに二人の休みが合ったから、大也が車を出してくれて水族館デートに行ってきたのだ。

秋晴れの気持ちの良い気候の中、楽しく水族館を見て回った。その帰りに軽くご飯を食べて、お腹が満たされた結は帰りの車内で睡魔に襲われたというわけだった。

「ごめん、寝ちゃった」

結が申し訳なさそうに言うと、大也はふっと笑った。

「別にいいよ。明日早番だよね？　早くお風呂入って休んだほうがいいよ」
「うん」

大也は運転席から身体を乗り出すと、ボタンを押して結のシートベルトを外した。

そしてそのまま、結の身体に覆いかぶさる。

結は目を閉じた。柔らかく唇が重なる。

角度を変えながら、ちゅ、ちゅっと啄むようなキスを何度か交わした後、ゆっくりと離れた。

「おやすみ」
「送ってくれてありがとう。おやすみなさい」

車から降りると、結は手を振ってアパートの階段を上がる。

結が部屋の中に入るまで、大也は車を発進させない。結のことを心配してくれているのだ。女性の一人暮らしは危ないということで、防犯面まで気を遣ってくれていた。

結と大也が付き合いはじめてから、まもなく二か月が経とうとしていた。仕事後に待ち合わせをして食事をしたり、休みが合う日はこうやって日中から出かけてデートをしたり、二人の交際は順調そのものに感じられた。

大也は優しいし、気が利くし、結の性格もわかってくれている。まさしく完璧な彼氏だった。

しかし一つだけ、結には理解できないところがあった。

結は部屋に入ると、すぐに給湯ボタンを押してお風呂の準備をした。

季節は秋。冬はまだもう少し先だというのに、この頃はすっかり寒い。

帰ってきたらすぐにお風呂に入るのが、この頃の結のルーティンだった。

暖房のスイッチを点け、コートをハンガーにかける。

大也にメッセージを送ってから、アイメイクリムーバーを使ってアイメイクだけをまず落とす。そんなことをしているうちにお風呂の準備ができたので、洗面所に行って服を脱いだ。

下着姿になった結は自分の身体をまじまじと見つめる。

すごくスタイルがいいわけではないが、太ったりはしていないと思う。

胸も、大きくもないが小さくもなく、良く言えば、ほど良い膨らみだ。ものすごくセクシーな身体つきでもないが、貧相というほどでもない。いたって普通。すべてにおいて平均だった。

（まあ、色気はないっちゃないけど。ただ、そんなのを求めるならそもそも私と付き合ってなんかないよね）

じゃあなんで。

そろそろ、次の段階にいってもいいんじゃないかと結は思う。

大人の男女だったらむしろ遅いぐらいだ。

だから、結は不安に思っていた。

結と大也は二か月が経っても、いまだにキスより先に進んでいなかった。

「え、これが例の彼氏？　格好いい。イケメンだね」

目の前に差し出された画面に映るのは、頬を寄せ合う幸せそうな男女。女性のほうは目の前にいる寿葉で、男性は優しい顔立ちの柔和な笑みを浮かべた、最近できた寿葉の彼氏だった。

結が大也と付き合いはじめたのとほぼ同時期に、寿葉も会社の同僚と付き合うことになったと報告を受けていた。同期で仲良くしている男性がいたが、なかなか進展しなかったところ、向こうが告白してくれて付き合うことになったとのことだった。

結も、もちろん大也と付き合うようになったことは報告していて、寿葉はそれをとても喜んでくれた。

結は大也のことを引きずりすぎていたので、もはや大也が相手でないと、そのトラウマを払拭することはできないと思っていたそうだ。

だから再会したと聞いた時は、きっと運命だと確信していたそうで。これを逃したらたぶん一生独り身だったよと、本気か冗談かわからない顔で言っていた。とにかく寿葉が一緒に喜んでくれて、結もとても嬉しかった。

というわけで、めでたく二人とも彼氏もちとなり、最近はもっぱら恋愛トークをするのが、二人のブームみたいになっていた。

今日もご飯を食べながら、ダラダラとお互いの彼氏の話に花を咲かせ、寿葉が謎に包まれていた彼氏の素顔を公開したのが、今日のハイライトだった。

「そうかな？　そんなことないよ」

自分の彼氏をイケメンだと言われた寿葉は、否定をしながらも嬉しそうな顔をする。

「またまた。これは社内でも人気あるんじゃないの？　モテそう」

そんなことを話しながら寿葉の彼氏の人となりを聞いていく。

寿葉が来たいと言って入ったこのイタリアンレストランは、白を基調とした明るい店内で過ごしやすく、頼んだサーモンのクリームパスタもとてもおいしくて一層話が弾んだ。パスタを口に運びながら、結は相槌を打つ。

寿葉は本当に幸せそうで、嬉しそうな笑顔を見ているだけで、結も笑みが零れた。

「あのさ、ちょっと聞いてもいい？」

結がその話を切り出したのは、食事が終わり、デザートのさつまいものモンブランを食べている時だった。

最近の結の悩みについて。話す相手を選ぶような内容なので、昔からの友人の寿葉ぐらいにしか、この話はできないと思っていた。

「うん？」

「私たちって、お互い付き合いだして二か月ぐらいでしょ。その……そっちはどれぐらいまで進んだ？」

最初、寿葉は結が何について言っているのか、わからないみたいだった。

不思議そうな顔をして首を傾げた後、ゆっくりと意味を理解したのか、「ああ」と声を漏らした。

「まあ、一応最後まで……かな。お互い大人だし、二か月も付き合えば、みんなそんなもんじゃない？」

「……だ、よね」

「結は？　運命の再会からの交際スタートなんだから、けっこう盛り上がっちゃってるんじゃないの？」

「う、うん。まあ」

その結の歯切れの悪さに、寿葉が怪訝な顔をする。

そして結の顔を観察するようにじっと見た後に「まさか……」と呟いた。

結は観念したように、こっくりと頷いた。

「……そう。そのまさかなの。実はまだ私たち……してないんだよね」

「ええっ⁉」

寿葉の声がやや大きめだったので、結は慌てて人さし指を唇に当て、しーっと言った。それからずいっと前のめりになって寿葉のほうに顔を近づける。

「なんでだと思う？」

小さい声でぼそぼそと聞くと、釣られたのか、寿葉もトーンを落とした。

「え……なんでだろ。わかんない」

「私が、処女だからかなあ。言動とかでわかっちゃったのかも」

「いや、どうだろ。それは関係ないんじゃない？」

「そうかな」

不安げな結を見て、寿葉が気遣うように言った。

「大事……にしてるとか」

「だったらいいんだけど。理由がわからないから不安になる」

「だよねえ」

結は、少し考え込んでから、ゆっくりと口を開いた。

「実は……今度、大也の家に行くことになってるんだけど」

「ほう」

「その時……かな？」

おそるおそる口にすると、寿葉の顔がぱあっと輝いた。

「絶対、そうだよ！　泊まりなの？」

「そこまでは……決めてない」

寿葉はわかったようにうんうんと頷くと、にっこりと笑った。

「お泊まりセット、持っていったほうがいいかもね」

「そんなとんとん拍子にいくかなあ」

「いくときは、いくんだよ！」

なぜか寿葉のほうが断然やる気を出して、結はその後、泊まりの時の持ち物についてレクチャーを受ける羽目になった。

「お邪魔しまーす……」

寿葉に会った翌週、寿葉に言ったとおり、結は大也の家にいた。

今日、結は早番。大也は休みで、結の仕事が終わったら大也のマンションで会う約束をしていたのだ。

結は駅近を優先するため、きれいなマンションは諦めてワンルームのアパートに住んでいる。対して大也の家は、結と同じぐらいの駅近であるにもかかわらず、きっちりときれいなマンションで、部屋も結のアパートの数倍広かった。

(やっぱりパイロットって、私たちに比べたらすごいお給料をもらってるんだろうなあ……)

そんなことを考えながら、家の中をきょろきょろしてしまう。男性の一人暮らしにもかかわらず、ある程度きれいに整えられた部屋はゆったりと家具が配置され、とても住み心地が良さそうだった。

「座ったら？」

広いリビングの真ん中にあるソファを勧められ、結は大人しく従う。結のコートをハンガーにかけてくれた大也が戻ってきて、隣に座った。

このぐらいの距離にいることは、今までも全然あったことなのに、どきどきしてしまう。

それがなぜなのか、結にはわかっていた。

（処女ががちがちになるのが、一番だめだからね!?　リラックス、リラックス）

勉強のために読んだネット記事の内容を、どういうわけかここで思い出してしまう。

結は会話をして気を紛らわそうと、きょろきょろとわざとらしく周囲を見回すふりをした。

「広くて、素敵なお部屋に住んでるんだね。うちは狭いからうらやましい」

「気に入ったんだったら、いつでも来ていいよ」

クスッと笑った大也が肩に手を回して結を抱き寄せた。結は大也の胸にもたれかかる格好になる。顔をそこに埋めて、結の髪の匂いを大也が嗅いだ気がした。

（えっもう？というか……とうとう!?）

意識した途端、身体に緊張が走る。まるで機械仕掛けのロボットになったみたいに、急に身体が硬く重くなったように感じた。

「……結」

「え、はい！」

不意打ちで呼ばれたせいか、妙に大きな声で答えてしまった。これには結も頭を抱えたくなった。

(もーこれじゃ色気ゼロじゃん)

気まずそうに口を手で覆った結を見て、クスクスと大也が笑った。

「映画観る？　いくつか観られるようにしといたよ」

「え……あ、うん」

「待ってて」

そう言うと、大也は立ち上がってどこかに行ってしまった。それをなす術もなく見送って、結は自己嫌悪で泣きたくなる。

(いい雰囲気だったのに、ほんと馬鹿)

自分で自分の頭をポカポカと叩きたい気分だった。

そんな気持ちを抱えながら、しばらくそこで待ってみたが、大也がなかなか戻ってこない。

仕方なく立ち上がると、結は大也の姿を捜してキッチンのほうに歩いていった。

「大也？　何してるの？」

見れば大也はお皿を出して何かをしている。寄ってきた結に向かって大也がふっと笑った。

「結も、低アルコールのお酒なら飲める？」

「……うん？　たぶん」

「低アルコールのスパークリングワイン買ってきてあるから、映画観る時に飲んだらいいかなと思ってさ。だったらおつまみもと思って用意してたところ」

「いいね。私も手伝う」

それから二人でカナッペやチーズやハムをお皿に並べておつまみを用意すると、スパークリングワインと一緒にテーブルにセットし、軽く飲みながら映画を観た。

映画は二人で選んだパニックアクションだった。スパークリングワインは低アルコールだから急に酔いが回ることもなく、いい感じのほろ酔い具合になった結は、少し大胆な気持ちになって、隣に座る大也にもたれかかった。

「結？　酔った？」

「……ううん？」

「眠い？」

「眠くないよ？」

確かめるように大也の顔が近づき、唇が重なる。何度か啄まれた後、柔らかく下唇が吸われて、お腹の奥が熱くなるような感覚がある。

結の唇を優しく舌先でなぞった大也は、そのまま下に唇を移動させる。何度も首筋にキスを落としながら、鎖骨を通過し、シャツと肌の境界線の際どいところにまで触れた。

（これは……今度こそ、とうとうかもしれない！）

先ほどと同じように意識した途端、身体に緊張が走った。こうなったらもう迂闊には動けないという感じで、かちん、と身体が固まる。

（……初めてって、言ったほうがいいのかな？）

今まで過去の恋愛について、大也に聞かれたことはなかった。

二十八歳にもなって処女なんて、大也には考えつかないのかもしれない。だとしたら、自分で正直に打ち明けるのが正しい気がした。

（え、でも、いつ言うの？　途中でっていうのもおかしいから、早めに言ったほうがいいよね。とすると、今？　今がいいの？）

そう考えてみたものの、この状況でいちいち止めて言うのも、おかしいかもしれない。

じゃあ一体、タイミングはいつなのか。

鎖骨の下あたりに柔らかく触れていた大也の唇はまた、首筋を伝いながら結の唇へと戻ってくる。

もう一度キスされるような気配があった。このままその流れに身を任せてこの先へと進んでしまいたい。

そう思う結だったのだが、なぜか頭の中がまたぐるぐるしてきて、余計な考えがちらつきはじめ、段々キスのほうにも身が入らなくなってしまう。

すると不意に大也が唇を離した。

結の頭をポンポンと軽く叩くと、身体は密着させたままで、映画の鑑賞に戻ってしまった。

(えっ、終わり?)

結は肩透かしを食らったような気持ちになった。

もしかして何か、悪かったのだろうか。ネガティブな感情が後から後から湧き出てしまい、正直、映画を楽しむ気分になんてなれず、その後は内容がまったく入ってこなかった。

そして、夜にはもっと結を落ち込ませる状況が待っていた。

大也はたまに戯れのようなキスはするが、それ以上のことをしてはこないのだ。

結は悲しい気持ちになってやけくそのようにスパークリングワインをたくさん飲ん

だ。

そしてあろうことか、そのままソファで寝てしまった。

寝ている間に大也は結をベッドに運んだらしく、まったく何もないまま、結は大也のベッドで初めての朝を迎えたのであった。


(さすがに落ち込む……)

大也のベッドで朝を迎えた日から一週間。まだ結の心はどんよりとしていた。

何が悪いのか、わからない。

どうして大也はキス以上のことを結にしないのだろうか。

魅力がないのか、とも思う。

けれど深いキスをしている時の彼の目には熱が感じられ、欲情しているんじゃないかと思う時もある。結にだってその気はあるし、そのまま進むのは自然なことのように思う。

(よく、わからないなあ)

遅番なのでゆっくり起きた結は、あくびをしながらぼうっとテレビを見ていた。もう少し経ったら顔を洗ってご飯を食べようと思うのだが、ついついダラダラとしてしまう。

とその時、ローテーブルの上に置いていたスマホがブーブーと音を立てて震えた。

億劫だなと思いながら手を伸ばし、画面を見て固まった。

（やだ、お姉ちゃんじゃん……）

結は一気に憂鬱になった。

悪い人ではないのだが、結はこの姉が苦手だった。

だから自分から連絡することはほとんどなく、普段は疎遠になっている。

わざわざ連絡してきたということは、何か用があるのだろう。変なことじゃありませんように、と願いながら結は電話に出た。


（もう、終わったかもしれない……）

姉との電話の後、結は泣きだしてしまいそうなくらい不安な気持ちになった。

姉の萌からの電話は、転職の報告だった。

『結ちゃん喜んで。とうとう来週から、同じ会社だよ！』

姉の声は今までにないぐらい、弾んでいた。あの明るい声を思い出しながら、結の心はどこまでも沈んでいく。

姉の職業はＣＡ。ただし、結とは違う会社だ。

勤務している空港も違っていた。

姉の外見は完璧に美しいのだが、学校の成績はそこまで良くはなかった。というか、勉強することが嫌いだった。勉強なら、結のほうができたかもしれない。

空港で働いていた父の影響で結はグランドスタッフを志したが、姉はＣＡを志した。華やかなものが好きな姉っぽい選択だなと思ったことをよく覚えている。

しかし姉はそれほど勉強熱心ではなかったため、大手の航空会社は軒並み選考で落ちてしまったのだ。

それでなんとか滑り込んだのが、今働いている地方を拠点とする航空会社だった。

そのため姉は就職後、一人で関西のほうに住んでいた。

しかし、なんとこのたび、転職活動が実を結んで結たちが働くＪＷＡへの就職が決まったらしい。

職種はもちろんＣＡ。大きな空港で働くのが姉の夢だったようなので、めでたく夢が叶ったというわけだった。

大変に喜ばしい事態。働きながら転職活動をしていたのは、純粋にすごいと思う。努力が実ったのだ。

別に、一緒の会社で働くのが嫌なわけじゃない。

飛行機の出発時や到着時に引き継ぎで話したりすることはあるが、グランドスタッフとCAなんて、基本、そこまで接触があるわけではないのだ。そもそも姉のことは苦手だが、顔も見たくない、というほどではない。

怖いのは、大也と姉が一緒に働くことだった。

こんなことを考えるのは性格が悪いと言われてしまうかもしれないが、結の知らないところで二人が話をするのが、死ぬほど嫌だった。

『俺が好きなのは、春田のねーちゃんだから』

いまだ耳に残る、結のトラウマになっているあの言葉。

二人が話をするのがこんなにも嫌なのは、姉に大也を盗られてしまうかもしれないと思うからだった。

『お姉ちゃん、遊ぼうよ』

『いいよ、じゃああそこにあるお花、このカゴいっぱいに入れてきて。花の冠作りたいから』

『わかった！』

必死に花を摘む、幼い結。
夢中になって集めて、やっとカゴがいっぱいになった。
『お姉ちゃん、持ってきたよ！』
『え、まだ花なんて探してたの？　今から他の子と遊ぶからもういいよ』
『お花はどうするの？』
『あげる。好きにしていいよー』
これは、結の記憶に残る姉との会話だ。
姉はいつも世界の中心にいて、常にちやほやされていた。
だから無意識に、他人を振り回していた。
結の周囲はみな、もれなく姉が好きで、比べられてけなされるのはいつも結。
だから結は、姉の近くにいるのが嫌だった。
中学生の時に大也のことがあってからは特に、姉とは距離を取っていた。
けれどまさかこの年になって、距離が近くなるなんて。
結は考えもしなかった。

姉から電話が来てから一週間が経った。

明日は、姉の初出勤日。その前に買い物に付き合ってほしいと言われて、このあたりでは一番大きな駅で待ち合わせているところだった。

転職の話を聞いた時にはずいぶん急な話だなと思ったのだが、どうやら姉は、母親が結にそのことを伝えてくれていると思い込んでいたらしい。

思い込みの激しい姉がやりそうな勘違いだった。

「結ちゃん！ 久しぶりだね」

遠くからでもわかる派手なコートの女性が近づいてくる。そして近くまで来ると、手を上げてにっこり微笑んだ。

姉の萌は、二年前に実家で会った時とまったく変わっていなかった。

もう三十歳なのに、少しも年齢を感じさせないほど若々しい。

そして相変わらず、恐ろしくきれいだった。

背中まである、きれいに手入れされた艶やかな髪。目も鼻も口も、作りもののように整った小さい顔に、長い手足。すべてが完璧だった。

隣を歩けば誰もが霞んで見える。

だから結は、姉と一緒に歩くのがすごく嫌だった。

「久しぶり。じゃあ行こ」

二人で連れ立って歩き、駅ビルに入る。萌の話だと、洋服と食器類を買いたいとのことだったので、いくつかの洋服屋と雑貨店に入る。数時間買い物に付き合い、休憩のためにカフェに寄った。

（相変わらず、よく人に見られるな……）

カフェで飲み物をオーダーして待っていると、隣席にいるカップルの男性のほうが、こちらをちらちら見ていることに気づいた。

萌はどこに行っても注目の的で、特に男性からの視線をとても集める。

こんなに見られたら嫌なんじゃないかと思うのだが、姉からすると見られるのが当然で、むしろ見られないと「なんで、この人は自分を見ないんだろうか」と疑問に思うそうだ。

次元が違うなと思って、結はその話を聞いた時にちょっと呆れた。

「結ちゃんは、今お付き合いしている人はいないの？」

一方的に喋っていた姉が、急に気づいたように結にその話題を振った。

姉がその手の話が好きなことは知っていたので、なるべくそっちの方向にいかないように頑張っていたのだが、どうやら無駄だったようだ。ぎくりとした結の顔が強張る。

どう言おうか結は内心とても迷った。

本当はあまり、言いたくない。

（もしいるって答えたら、会わせろって言われるかな……）

その考えが、結の口にブレーキをかけた。

「……今は、いない」

迷った挙句、結が選択したのは嘘をつくことだった。

「そうなんだ。結ちゃんかわいいのに」

どの口が言うんだと思うが、本人は本気で結のことをかわいいと思って言っているので、性質（たち）が悪い。萌はいわゆる天然だった。

「お姉ちゃんは？　付き合っている人いないの？」

自分から話題を逸らすために結が聞き返すと、萌は考えるように目を伏せた。

「ずっと付き合ってた人がいたんだけど、別れちゃったの。だから今、誰かいい人がいないか探し中」

それを聞いて結は「最悪だ……」と心の中で毒づく。萌はかなりの恋愛体質だ。思い込みが激しいので、好きになればその人にかなり入れ込む。

昔から相手に恋人や妻がいても、おかまいなしだった。

だからトラブルを起こしやすいのだが、見た目が抜群にいいし悪気もないので、相手が途切れたことは結の知る限り、ほとんどなかった。

気づかれないように、小さくため息をつく。

（頼むから、大也以外の人を好きになってほしい……）

結は切に願った。

第八章

「結、これひっくり返しちゃうよ？」

目の前の鉄板から水分が熱せられて、ジュージューと蒸発するおいしそうな音が聞こえてくる。食欲をそそる香ばしい香り。結は目の前で焼けるお好み焼きを、吸い込まれるように凝視していた。

「結、聞いてる？」

何度か呼ばれたことで結ははっと我に返る。慌てて頷くと、大也がヘラを使って器用に裏と表をひっくり返した。

「どうした、疲れてる？　ご飯食べにこないほうが良かったかな」

「そんなことない。ごめん。あんまりおいしそうだったから、ちょっと見入ちゃってただけ」

せっかく時間が合ったから一緒に夕食を食べにきているのに、こんなふうに考えごとをするなんて、馬鹿だ。

結は不穏な考えを振り払うかのように、小さく頭を振った。

萌がＣＡとして同じ会社で働きはじめてから二週間が経った。

空港で何度か見かけたが、慣れない職場で頑張っているようだった。

とにかく目立つからすぐ目に入る。周囲と同じ制服を着ているのに、一人だけスポットライトが当たっているみたいだった。

結が思った以上に、とにかく目立つ萌。

こうなってくると、結の懸念はただ一つ。

それだけを気にして、最近の結は常にびくびくしていた。

——大也が萌の存在に気づいてしまうこと。

パイロットとＣＡは顔を合わせる機会が多い。同じ飛行機に乗務することになれば、嫌でも顔を合わせるようになるだろう。

あの目立つ容姿と、それに名字もある。

そうなれば、大也は結の姉であることに気づくだろう。

気づいて、そして、どうするだろうか。

自分の初恋の相手だと、意識するようになるだろうか——。

きっと大也は、気づいたらまずは結に言ってくるに違いない。「そういえばさあ、結のお姉さんって、もしかしてＣＡとしてうちで働いている？」そんな感じで、まずはその女性が萌であることを、確認しようとするのではないか。

「そういえばさあ」

そんな考えに占められていた時。

目の前の大也が想像の中とまったく同じ台詞を口にしたので、結は驚いた。ぎくりとして身体が変な体勢で強張ってしまう。

「な、何？」

身体がうまく動かなくて、結は目だけを動かして大也の口元を凝視する。

もしや、想像とまったく同じことを言いだすのではないか。

そんなハラハラした気持ちで、次の言葉を待った。

「山野と東川さんが、付き合いはじめたんだってね」

その瞬間、結は身体の力がふっと抜けるのを感じた。すんでのところで堪えたが、その場にへたり込んでしまいそうになる。

まるで時限爆弾を抱えているみたいだ。

大也に「そうらしいね」と返答しながら、結はそう思った。

こんなにハラハラするなら、いっそもう爆発してほしい。

そう思ったりもしたが、意外にも大也は萌に気づいていないようで、それからまた二週間が過ぎた。

その間に大也の部屋に行ったりもしたが、二人の関係はやっぱりそこからの進展はなかった。

際どいようなキスをすることもあったが、大也はそこでやめてしまう。

そのたびに結は、ひどくがっかりした。

一方、姉の萌はすっかり職場に馴染み、どうやらパイロットからお誘いも受けているらしい。

結のところにはなんだかんだとメッセージが届いていたが、そもそもが苦手だと思っている相手だ。マメにやり取りをする気分になれず、ちゃんと返信をしていなかった。

そして、結にとっては最悪なことに。

大也のほうは気づいていないようだが、萌は大也のことを、イケメンパイロットとしてしっかりチェックしているみたいだった。

無意識でやっているのだろうが、萌はパイロットの中でも特に好みの男性をリストアップしていた。

その中に大也がいると知った時、結は暗澹たる気持ちになった。

そんなある日。遅番勤務を終えていつもどおり更衣室に戻った結は、やや急ぎ気味に制服から私服へと着替えていた。

大也の勤務スケジュールが変わったとかで、終わる時間が一緒になりそうだったので、急遽待ち合わせをすることになったのだ。

明日は、大也はフライトがあるということだったが午後の便らしく、食事ぐらいはできそうだと連絡がきて、仕事終わりの結のテンションは一気に浮上した。最近少し予定が合わなかったこともあって、この機を逃したくなかった。

もうすぐクリスマス。

年末年始の航空会社は繁忙期なので当分の間、二人の休みが合うことはない。しかし、どこかで時間を作って少しの間でも会おうと約束をしていた。

だから結は大也に何かプレゼントを贈ろうと考えていて、少し前にブランドもののカードケースを買った。

大也が今使っているカードケースは、再会して結に名刺を渡してくれた時に見たきりだ。あれ以降、結の前で取り出すことはなかったが、少し古くなってきたから買い替えようかなと言っているのを聞いて、これだと閃いたのである。

そんなことを思い返しながら視線を上げると、隣で美月が猛烈な勢いで化粧を直しているのが目に入った。

きっとこの後、山野に会うのだろう。二人はつい二週間ほど前から付き合いはじめたばかりだ。

意外にも告白をしたのは山野からだったらしい。ずっと美月がアピールしていたから美月が押しきったとばかり思っていたので、結は少し驚いた。

「じゃあお疲れ！」

ものすごいスピードで化粧直しを終えると、美月は嵐のような勢いで更衣室を出ていった。

すぐに着替えを終えた結も、慌ててそれを追うようにして更衣室を後にする。

お互いの同僚に見られるのを避けるため、待ち合わせをした場所は駅までに行く道の途中にある、少し奥まったところに設置されたコインロッカーの横だった。オフィスを出ると、結はまっすぐそこまで進んだ。

大也は既にそこに来ていた。

その姿が見えると、自然と口元が綻んでしまう。

結は近寄りながら、手を上げた。

「結ちゃん！」

（え？）

「大也」と声を発する前に、後ろから自分に声がかかったので結は驚いて振り向く。

なんとそこには、小走りにこちらに向かってくる萌がいた。

「お姉……ちゃん？」

「もう結ちゃんたら歩くの速いよ。せっかく見かけたから、一緒に帰ろうと思ったのに。全然追いつけないんだもん」

手のひらで顔をあおぐ真似をしながら、萌はにっこりと笑った。

「結？」

萌に気を取られている間に大也が近くまで来ていて、気づけば隣に立っていた。

萌がそちらに顔を向けて、大也を見る。

大也の顔を認識した刹那（せつな）、萌の瞳の奥がきらっと光った気がした。

その瞬間。あの、中学生の時に感じたのと同じぐらいの絶望感が結を襲った。

教室で大也が、好きな人は萌だと言った時と同じくらいの。

みぞおちのあたりがぎゅっと引き絞られるような感覚があり、ひどく不安な気分になった。

「こんばんは」

にっこりと萌が大也に微笑みかける。

大也は一瞬、萌の顔を凝視した後、戸惑ったように結を見た。

「私、結の姉です」

「え、お姉さん？」

驚いたように目を見開いた大也は、そのままぱちぱちと瞬きをした。

「はい。緒方さんですよね。ＪＷＡでパイロットをされている」

「そうですけど。え、結。お姉さんと会う約束してたんだ？」

大也はいまいち状況が呑み込めていないみたいだった。結と萌の顔を行ったり来たりして見ている。

「会う約束はしてなくて、たまたまなんです。私、もともと他のエアラインでＣＡをしてたんですけど、最近ＪＷＡに転職したんです」

「ええ？　……そうなんですか。じゃあ姉妹で同じ会社に……？」

「はい。いつも結がお世話になってます」

大也が窺うようにちらりと結の顔を見た。

姉の顔は見たことないほどにこやかだった。大也のために愛想を良くしているのが透けて見える。結はもう、どうしようもなくいたたまれない気持ちでいっぱいだった。

「結ちゃん、緒方さんとはお友達なの？　確か、お付き合いをしている人はいないって言ってたよね」

最悪だ、と結は思った。何も今、そんなことを言わなくても。

けれど、結は大也のほうをまともに見られない。大也が今、何を考えているのか、それを知るのが怖かった。

大也の顔に動揺が走ったのがわかった。

お互いに付き合おうと言って、付き合いはじめたはずなのに。

自分の恋人は、自分を彼氏じゃないと言っていて。

大也の気持ちを考えると、自己嫌悪のような感情がわっと湧き上がったが、結局、結は肯定も否定もせず、曖昧に頷くことしかできなかった。


その後、三人は駅の近くにあるカフェレストランに入った。

萌が、三人で一緒に食事をしたいと言ったからだった。

四人掛けの長方形のテーブルでは大也の隣に、ごく自然に萌が座った。

結は仕方なく、二人の正面に座る。

店内はクリスマス一色だった。カウンターの上にはキラキラと輝くファイバーツリーが飾られ、壁はおしゃれなオーナメントで彩られている。空間全体が華やかなムードに包まれていた。

しかし、そんな中。結は一人、お通夜みたいな雰囲気だった。

今からでも大也が恋人であることを打ち明けようか。

そんなことを考えながら二人を見つめる。

「えー、二人は小学校、中学校と同級生なんだ？　空港で再会したの？　なんかドラマみたいだね。やだ、それじゃあ私とも、同じ学校に通ってたってこと？」

「緒方さんは、中学の途中からアメリカに？　格好いいですね」

「嘘っ、今はあのへんに住んでるの？　私、家が近いかも」

萌はすごく積極的に、続けざまに大也に話しかけていた。

大也はそれに対して、結をちらちらと見ながらも当たり障りなく、返答をしている。

もともと萌は、これと決めたら突っ走るタイプである。大也にものすごく興味をもっているのがあからさまに見て取れた。

本当だったら、今頃は大也と楽しく二人で過ごしていたはずだったのに。結は萌の話を聞きながら、段々と悲しい気持ちになってくる。

自分がここにいても、意味はないのではないか。

大也も、昔好きだった姉と話しているほうが楽しいのかもしれない。

そんなことまで、考えてしまうほどに。

「……お姉ちゃん。私、気分が悪くなったから帰りたい」

場の空気に耐えられなくなった結は、とうとうそう口にした。

躊躇いながらも財布を取り出して千円を抜くと、それをテーブルの上に置いた。

「え、結ちゃん大丈夫？　タクシー呼ぼうか？」

驚いた顔をした萌がそう結に聞いてきたが、それを無視して結は大也のほうに顔を向けた。

心配そうに結を見ている大也と目が合う。

「大也はどうする？」

「俺も行くよ。送ってく」

「そんな。緒方さんはまだここにいてください。結ちゃんにはタクシーを」

萌が甘えたように大也の服を引っ張ったので、見ていられなくなった結は立ち上がると、「一人で大丈夫だから、私のことは気にしないで。いたかったら、大也は残ってもいいよ」と早口で言って、そのまま店の出口に向かった。

外に出ると、先ほどよりも風が強くなっていた。

冷たい風を全身に受けながら、結はタクシー乗り場に向かって歩きだした。

(大也は、やっぱり初恋相手のほうがいいのかな)

叶わなかった初恋の相手が目の前に現れたら、やっぱりちょっとは心が動くものだろうか。

おまけに、相手はとびきりの美人だ。

しかも今回は向こうも好意的な態度で。

もし今も当時の気持ちを少しでも引きずっていたら、おおいに揺らいでしまうことも充分にあり得るだろう。

そう、少し前の結のように。

(そうなったら、やっぱり私は別れなきゃいけないのかな……やだな)

考えるだけで、涙が出そうになった。

滲んだように視界がぼやけていく中、後ろから声をかけられた。

「結!」

足音が近づいてきたと思ったら、ぐいっと腕を引っ張られて、結は思わず足を止めた。

「体調悪いのに、なんで一人で帰るんだよ。もしかして、これってなんかのテストなの？　いきなりお姉さんと二人で残されても困るんだけど」

振り返ると、本当に困った顔をして大也がそこに立っていた。

結は面食らった顔で、目を瞬く。

「え……お姉ちゃん……は？」

「まったく状況がわかんないから、お金渡して置いてきた」

あの状況で、大也は萌を置いてきたと言う。

でも本当は、萌と一緒にいたかったのではないか。

それなのに、大也は優しいから具合が悪いと言った結を、追いかけてきてくれたのではないか。

そう考えると、結はますますいたたまれない気持ちになった。

「そっか……ごめん」

どこかのお店で流しているのか、遠くから、かすかにクリスマスソングが聞こえてくる。

結が黙ると、二人の間に沈黙が落ちた。

びゅうっと冷たい風が駆け抜ける。結は流される髪を押さえた。

一時の濁流のような、強い感情の乱れは収まっていたが、胸が引き絞られる暗い不安はまだ心に強く残っている。

しかも、大也に色々とまずいことをしてしまったという意識はあって、そんな混乱した気持ちの中、結はなんと言っていいのか、わからなかった。

そして大也は、さすがに結の様子がおかしいことに気づいているだろう。

「体調悪いの、大丈夫？」

何かを聞きたそうな顔をしていた大也だったが、結局それは口に出さず、結の表情を覗き込んでそう言った。そしてじっと見て、「顔色が悪いな」と呟く。

別に体調が悪いわけではなかったが、メンタル的には絶不調だ。それに一度そう言ってしまった手前、簡単に撤回するわけにもいかず、結は「ちょっと頭が痛いかも」と言った。

「わかった。今日はもう帰ろう。送ってく」

大也は頷くと、結の返事は待たずにちょうど通りかかったタクシーを停めた。

その有無を言わせない雰囲気に結は何も言えず、促されるままその車に乗り込む。

車内ではお互い一言も喋らなかった。

静まり返った車内は、重い空気に支配されていた。

帰宅した結は、とてつもない自己嫌悪に襲われていた。

帰ってきてすぐは強い疲労感で何もする気が起きず、しばらくぼうっとしてしまっていた。ただ、ずっとそうしているわけにもいかず、ひとまずシャワーを浴びたら段々と冷静さを取り戻せた。


（はあ……どうしよう）


改めて考えてみると、かなりまずい状況なのではないかと思いはじめていた。

大也と萌が顔を合わせてしまったのがショックで。

我を忘れて、大也を振り回した。

大也にしてみれば、結の姉がＪＷＡのＣＡになったのを教えてもらえていなかったことを訝しく思ったに違いないし、その姉に付き合っている人はいないと言っていたことも、どうしてだろうと思ったに違いない。

もしかすると結に対して、不信感を抱いたかもしれない。

それに付け加えて、いきなり体調が悪いと言いだして、大也を置き去りにして帰ろうとした。

萌は大也の初恋の相手だ。結にしてみれば、再会して、大也は少なからず嬉しかったり気持ちが高揚したりしたのではないかと思ったのだが。

ただ、よく考えてみれば大也は、〝萌のことを好きだったことを、結は知らない〟と思っているわけで。

そうなれば、結の行動は意味のわからないものだっただろう。

「あー……、引かれたかな……」

ベッドの端に座って力なく呟く。

結は天を仰ぎながら大きくため息をついた。

そのままの状態でぐるぐると考えていると、鼻がツンとして涙がせり上がってくる気配があった。

目を隠すように両手で顔を覆う。

大也の立場になってみれば、どう考えても意味不明すぎる。

自分には理解できないと思って引いてしまったかもしれない。

もっと言ってしまえば、気持ちが冷めたかも。

帰りのタクシーの中でも大也は終始、黙りこくったまま、なんだか何かを考えているようだった。

あの態度は、それを如実に表していたのではないか。

そう考えると暗澹たる気持ちになった。

もはや、萌に盗られる以前の問題だ。

（……別れたくない。でも……）

もし大也から別れを切り出されたら、応じないわけにもいかないだろう。

せっかく付き合えたのに、本当にこんなことで終わってしまうのだろうか。

お互いがお互いを好きだから、一緒にいられるのだから。

結は、ばたんと後ろにひっくり返るようにベッドに倒れ込んだ。

そして枕を引き寄せて、不安を押し殺すようにそれを強く強く、抱きしめた。


翌日。結はどんよりした気持ちを引きずって出勤していた。

今日は遅番勤務。眠れる時間はたっぷりあったのにあまりよく眠れなくて、なんだか頭が重かった。

「なんか結、顔色悪くない？」

そんな結の様子に目ざとく気づいた美月が横から声をかけてきた。結は制服に着替えながら「そう？」ととぼけた声を出す。

「じゃあファンデ厚めに塗ろっと」

着替えを終え、ポーチからコンパクトタイプのファンデーションを取り出すと、結はそれを使った。塗りながらふと横を見ると、美月の肌がやたらとつるんとしていることに気づいた。

「美月は肌の調子良さそうだね」

「まあね」

にやりと笑うどこか得意げな顔を見て、さすがに結も昨日美月が山野と会っていたことを思い出した。

「ああ……そういうこと。だいぶ素敵な夜を過ごしたようで」

「まあね」

幸せオーラをまき散らしながら笑う美月を見て、結は少しうらやましさを感じた。

本当だったら結もこんなふうに幸せに浸っていたはずだったのに。

昨日、あの場所で萌に会わなければ。

（……いや、違う。そうじゃない）

油断した隙に、心の奥からふつふつと湧き出そうになる暗い感情に、結は慌てて待ったをかけた。

萌が同じ職場になった以上、大也が萌を認識するのは避けられなかったはずだ。それがたまたま昨日になったというだけで。

いつかは訪れることだったのだ。だからちゃんと考えておかなければならなかったのに。

「いやいや、そっちも、だよね。あ、もしかしてその疲れた感じ。あまり寝てないってこと……？」

楽しそうに語尾を上げた美月は、意味ありげな顔でニヤニヤと笑った。

その顔を見た結は、美月がものすごい誤解をしていることに気づく。

「違う違う。向こうは今日、ニューヨークだから。そんな長距離フライトの前の日にあり得ないから」

結は顔の前で手を振りながら冷静に言った。

大也からは、今日、十五時発ぐらいのニューヨーク行のフライトがあると聞いていた。だから今頃は出発準備に入っているだろう。

国際線のフライトがある日は何日か留守にするので、大也は出勤前にはいつもメッセージをくれる。

もし今日それがなかったら、結はもう本当に終わりだと地の底まで落ち込んでいただろうが、さすがに昨日の今日で手のひら返しをするような真似は大也も気が引けるのか、いつもどおり、ちゃんとメッセージは来ていた。

だから結もきちんと【いってらっしゃい】と返している。

「ふーん、じゃあ、なんか元気ないと思ったのは私の気のせいか」

結論づけるように言いながら、美月は手に持っていたポーチをロッカーの中に仕舞った。

しかし、結の顔をちらりと見た途端、その手がぴたりと止まる。

「あれ？　もしかしてうまくいってないの？」

思いがけず鋭い指摘に、結は一瞬、黙ってしまった。

「まあ、うん。ちょっと……」

一拍遅れて、歯切れ悪く返事をする。

「なんで？　珍しい。結たちでも揉めることってあるんだ。緒方さんは結のこと溺愛してるから、だいたいなんでも許してくれそうだけど」

「そんなことないよ……」

美月の言葉を、結は力なく笑って否定した。なんでも許されるなんて、あるわけがない。自分たちの関係はまだそこまで強固なものではなく、案外簡単に崩れてしまうような不安定なものだ。

結はそれを昨日のことで思い知った。

「そんなことあると思うけど……。ま、なんにしてもあんまり長引かせないほうがいいよ。不安があるなら早めに解消しなくちゃ。日が経つと言いづらくなることもあるしね」

美月の気遣うような言葉に結は頷いた。そのとおりだとは思ったが、それを実践できる気はしなかった。


そうして、結が思ったとおりに。

一週間経っても、事態が変わることはなかった。

むしろ、結は悪化しているような気さえしていた。

大也はニューヨークのフライトから無事に帰ってきて連絡も取っているが、あの日以来、会っていなかった。

これは結が悪いのかもしれない。忙しい、疲れている、時間がないといったことを言葉の端々で伝えて、大也が誘いづらくする状況を作っていたから。

結は怖かったのだ。

次に会えば、何か決定的なことを言われるのではないかと。

そうでなくても、結から心が離れていることがわかる態度を見るのが嫌だった。

別れの予感に気づいてしまうのではないかと思うと、耐えられなかった。

そして、もっと結の心を重たくさせたのが、姉の萌からのコンタクトであった。

大也と萌が偶然顔を合わせてしまった次の日、萌は、体調は大丈夫なのかと心配するメッセージをくれた。

それは良かったのだが、そこから、なぜかメッセージが毎日のように送られてくるようになった。

内容は主に大也のことで。

【緒方さんって、本当に格好良くてタイプ。本気で狙っちゃおうかな】

というメッセージからはじまり、

【結ちゃんこの前先に帰っちゃったんだから、仕切り直してセッティングしてよ。みんなでご飯食べよ】

と続いて。

これに結が素っ気なく、【当分忙しくて無理】と返すと、

【じゃあ今度見かけたら自分で誘ってみるからいいよ】

ときた。

これには結も心穏やかではいられなくなって、なんだそれはと内心もやもやしていると、そんなことはおかまいなしに、能天気に【今日、札幌便に乗るのを見かけたよ。制服姿が格好良かった】とか【すれ違ってちょっと喋っちゃった】など、いちいち大也情報を送ってくる。

挙句の果てには、しつこく結のシフトを聞いてきて、在宅していそうな日に口実をつけ、結のアパートにまで来るようになった。

そして、今。チャイムが鳴り、嫌な予感を覚えた結が覗き窓を見ると、にこにこと笑う萌が立っていた。

「……お姉ちゃん」

今日は冷え込みが厳しいし、さすがに居留守を使うわけにもいかず、仕方なく扉を開ける。

呆れたようにため息をついたが、萌はまったく気にする様子もなく「お部屋あったか～い」と言いながらずかずかと部屋の中に入ってきた。

「おいしいケーキ屋さんで、タルト買ってきたから食べよ」

萌はそう言って、無邪気に持っていたケーキの箱らしきものを掲げてみせる。

「……連絡しないで来るの、やめてって言ってるよね」

「いいじゃない。彼氏もいないんだから」

言いながら萌は、部屋でくつろぐ気満々でコートを脱いでいる。

結はうんざりしたように肩を竦めた。

「……食べ終わったら帰ってよ」

「わーい。結ちゃんなんだかんだ言っても、優しいから好き！」

はしゃぐ姉に背を向けて、結はキッチンに行ってケトルのスイッチを押した。そしてそのままコーヒーの準備をする。

「ねー緒方さんってさ、彼女いるんだって」

「え？」

結の家のキッチンは廊下にあるので、結の背後を通りその先にある扉を開けて部屋に入った萌は、勝手知ったるという感じで、ローテーブルの隣にあるクッションの上に座った。

そして、開け放たれた扉越しに、結にそう話しかけてきた。

結は少なからず動揺してしまう。乱雑に扱ったカップ同士が触れて、がちゃんと音を立てた。

結は慌ててカップをしっかり持つと、気を取り直して萌の元へと向かった。ローテーブルの上にコーヒーのカップを置き、続いてケーキ用のお皿とフォークを運ぶ。

「わあ、ありがとう。そう、だから、彼女いるんだって。この間、一緒にランチした時に聞いちゃった」

「ラ、ランチ？」

結の声が裏返る。

それは聞いてない。一体、いつ。

予想外の話に、結の胸は嫌な予感を覚えてざわざわとしてしまう。

「うん。たまたま食堂で一緒になったの。なんかその日は地上勤務だったんだって」

「ふ、ふーん」

結は精いっぱい気のない素振りで返事をした。

たしかに、パイロットの仕事は飛行機の操縦だけではない。

地上勤務の日は制服ではなくスーツを着てデスクワークをしている時もあるし、シミュレーターで訓練の日もある。

しかも意外と地上勤務の日は多い。そういう時、ランチは社員食堂を利用するのだから、そこでばったりと出くわすことがあってもおかしくはなかった。

ちなみにグランドスタッフは、ランチに行くとしたら早番の時だ。ただ、朝早くから働いているため、休憩に入るのも早めでパイロットのランチタイムとはズレてしまうので、遭遇する可能性は低めとなる。

「でもさ、どういう人なんですかって聞いてもなんか歯切れ悪くってさ、はっきりしないんだよね。もしかして、あまりうまくいってないのかも」

なぜかそこで声を潜めた萌が、まるで秘密の話でもするかのようにひそひそと結に囁く。その言葉に結はどきっとなった。

上擦りそうになる声を抑えるため、ごくんと唾を呑み込んでから口を開く。

「それはお姉ちゃんの決めつけじゃない？　ぺらぺら喋りたくないだけでしょ」

「えーそうかなぁ。幸せだったら人に言いたくなるものでしょ」

そのとても萌らしい発言に、結は苦笑いを浮かべた。

「お姉ちゃんはね。男の人は違うんじゃない？」

そう答えながらも、結の心はちくちくと罪悪感に苛まれた。

きっと、大也は結の立場を考えて相手のことを伏せたのだ。

どういう意図があるのかはわからないが『付き合っている人はいない』と言ってい

るという、結の嘘に合わせて。

だったら、大也も付き合っている人はいないということにしておけばいいのに。

けれど大也は、嘘をつかずに真実を言った。

初恋の人である萌との再会を喜ぶ気持ちがあれば、本当は黙っていたかったかもしれないのに、だ。

――大也はそういう人なのだ。

変なところで真面目で。優しくて。

いつも結のことを考えてくれる。守ろうとしてくれる。

胸がぎゅううっとなる。結はたまらないほど、せつない気持ちになった。

(……私、何やってんだろ)

ぼんやりとしていたところに、頭から冷水をかけられたような、まるで突然に我に返ったような気持ちになって、結はそっと息を吐いた。

「おはようございます。今日フライトをご一緒させていただく緒方です。よろしくお

願いします」

「おはよう。緒方か。今日はラッキーだな。よし、じゃあ難しいほうをやってもらおう。お前の操縦、安定感あるもんな」

時刻は十時。大也はオフィスで本日のフライトを一緒にする機長と出発前のブリーフィングを行っていた。

ＪＷＡにはたくさんのパイロットがいるので、一緒に乗務する機長は往復便ごとに代わることが多い。今日一緒になった機長の佐藤（さとう）とは、今までに三回ほど組んだことがあった。

機長にも色々な人がいて、すごく真面目で一切私語をしない人もいるが、佐藤は冗談や軽口も叩いてくるフレンドリーな性格だったと記憶している。それでも大也は丁寧な態度を崩すことなく、少しだけ笑みを浮かべた。

「ありがとうございます」

挨拶が終わると、二人でパソコンの前に立ち、画面を見ながら出発前確認を行う。

「操縦どっちやる？　一便目？」

今日の行先は那覇（なは）で、あちらは風が強く雨も降っていて天候が少し荒れ気味のようだ。操縦は往路と復路で交代し、それぞれどちらかを担当することが多いので、要は難しそうなほうを「やってみろ」と言われていると察した大也は、了承の意を込めて頷いた。

「一便目をやります」

佐藤は大也の返事に満足そうに笑った。

「そうこなくっちゃ。お前なら余裕だろ」

それから佐藤と一緒に、飛行高度や燃料計画などについて話し、運航計画に必要な事柄をすべて確認すると、大也は今日操縦する飛行機のところへ移動した。

機内に入り、佐藤と一緒に書類や搭載品の確認を行う。そこから大也は制服の上にベストを装着すると、佐藤に一声かけてから外部点検のために、機外へと出た。

機体をあちこち見て回って、装備されている機器や部品に損傷や欠落がないか、詰まりやオイル漏れなどが発生していないかを細かく確認していく。

安全な飛行のための大切な作業だ。

特に問題のあるところは見つからず、大也はほっと息を吐いた。

年の瀬が迫るこの日、空気はぴりっとしていて冷たかったが、そのぶん雲一つない空は澄み渡っていた。

大也は機内に戻る前にその空をちらっと見上げる。

陽の光が目にしみて少し眩しい。大也は考え込むように目を眇めた。

結の態度がおかしくなってから一週間が過ぎていた。その原因について、大也はなんとなくわかっているつもりだった。

しかし、じゃあ自分はどうすればいいのか、となると少し迷ってしまう。

それは、結が望む形にしたいからだった。自分は結のために何ができるのか、考えていた。

結の、姉の萌に対するコンプレックスは根深そうだ。

昔から比較して不当に落とされたり、差をつけた対応をされたりしていれば、当たり前だとは思う。目の当たりにしたことは少なかったが、そばで見ていたから、そのことは知っていた。

だから萌が現れた時、一瞬わだかまりがなくなったのかと思ったのだが、結の表情がとても嫌そうで、そうではないことにすぐに気づいた。

萌に付き合っていることを隠していたのはきっと、萌に踏み込んできてほしくないという線引きの一つであり、防御みたいなものでもあるのではないかと理解していた。

けれど、それで自分まで遠ざけようとしてくるのは予想外だった。

さすがにこれは避けられているなと、薄々感じていた。

おそらく、この結の行動は、萌がやたらと自分に馴れ馴れしくしてくることにも関係しているのだろう。

萌が結を傷つける存在であればいっそ遠ざけたいが、手段は選ぶ必要がある。

大也はそこで思考を止めると、ふっと息を吐いて気持ちを切り替えた。

階段を上がって機内へと戻る。佐藤がコックピットの準備をしていたので、大也もそこに加わり、最終確認を行った。

それが終わると、CAとブリーフィングをして、乗客の搭乗が完了したら出発だ。

大也は緊張感をもってコックピットの椅子に座り直した。

飛行機はバックすることができないので、トーイングカーという特殊車両がある程度の位置まで移動させてくれる。

その間に飛行機のエンジンをスタートさせ、トーイングカーが離れたら滑走路に向かって走行していく。管制官に指示されたポイントまで向かい、コックピットと客室の出発準備が整い、管制官から離陸許可が出たらいよいよ離陸だ。

エンジンパワーを上げると機体の走行速度が加速する。離陸で最も集中が必要な瞬間だ。操縦桿を握る手にも力が入る。窓の外の風景がみるみる後ろに飛び、充分な速度に達した瞬間、機体が地面から浮いた。

そのままどんどん上昇していく。あっという間に雲が見え、地上の建物が遠ざかった。

「ナイス、テイクオフ。すべてがスムーズだし、やっぱりうまいよ、操縦」

計器類の監視をしている機長の佐藤が隣からかけてくれた言葉に、大也は視線を前方に向けたまま、軽く笑みを浮かべた。

「ありがとうございます」

機体は雲を抜けてさらに上の高度まで上昇していく。青空が目の前に広がっていく瞬間。大也は操縦していて、この瞬間が一番好きだった。

そこにはとてつもない開放感があるからだ。

遥(はる)か上空から地上を見ていると、自分たちの住んでいる世界はとても広いことがわかる。

自分の悩みなどとても些末(さまつ)に感じられ、細かいことなどどうでも良くなってくる。この感覚と操縦の達成感を繰り返すことで、大也は色々なハードルを乗り越えることができた。

両親や家庭環境のこともそうだ。

寂しくつらい経験を味わい、両親を恨んだこともあったが、それも最終的にパイロットに至る道だったと思えば、許すことができた。

これは大也がJWAに入社した後だが、父親も母親もやっぱりどこか大也に負い目を感じていたのか、「あの頃は本当に悪かった」と後悔の言葉と直接の謝罪があった。

これを受け入れ、気持ちの区切りをつけることができたのだ。

だからといって必要以上に仲良くするつもりはなかったが、父親は日本にいるので、たまに会ったりもしている。どちらとも、ほど良い距離感が築けていた。

大也はパイロットになって良かったと、本当に思っている。

だからやっぱりそのきっかけをくれた結は、大也の中で特別な存在なのだ。

当時の大也はパイロットの夢など、自分には似合わないと思っていた。そんな夢など、抱いてはいけないとさえ思っていたのだ。口に出すのも憚られた。

――しかし。

結が『いいと思う』と言って笑ってくれたから。

うっかり口に出してしまったあの時。

結は馬鹿にせず、認めてくれた。

だから、こんな自分でもと思えたのはとても大きい。

おそらく自分は、結がいなかったらパイロットになっていなかっただろう。

結は自分の人生に欠かせない、かけがえのない存在なのだ。

大也は結が苦しまないようにするために、自分ができることはなんでもしてあげるつもりだった。

◇◇◇

(もう。どうでもいい時はうざいぐらい来るのに、肝心な時に限って……!)

結はスマホの画面を前にため息をついていた。

少しイライラとしながら、手の中のスマホを渋い顔で見る。

心境の変化がきっかけとなり、結は萌ともう少しちゃんと話そうと思うようになっていた。

萌は家に来たりしてなんだかんだと話していくが、結はいつも話をあまりちゃんと聞かず、自分の話もほとんどしていない。萌の口から大也の話を聞きたくなくて、少しするとさっさと解散させてしまっていたのだ。

しかし、これでは何も解決しないと気づいた。

大也と萌のことに気を取られていたが、そもそもの問題は萌と結の関係性にある。

もっと言えば、自分が抱いている姉へのコンプレックスに端を発している。

これをどうにかしないことには、いつまでも同じことを繰り返し、前に進めない気がしていた。

だから、大也のことはとりあえず脇に置いて萌と話し合う時間をもとうとしたのだが。

タイミングの悪いことに、その日から萌がぱったり姿を見せなくなったのだ。そして煩いぐらいに来ていたメッセージも、ぐんと減っている。

不思議になって自分から連絡を取ってみると、乗務の合間に研修が入り、スケジュールが過密になってしまっているとのことだった。

【しばらく家に行けないけど、ごめんね結ちゃん】

と、メールが来て、なぜかそこで結が萌の訪問を待ちわびているような立場にされていて、結は少し複雑な気分になった。

【今日の終わりの時間教えて】

結は用件のみのメッセージを手早く送り、スマホをロッカーに仕舞った。

それから、結は業務に入った。今日は早番だが、実は昨日も遅番で出ていたため、連勤を考慮され、いつもより二時間遅めの出社が許されていた。

だから普段と比べるとゆっくりめの業務開始である。

そうは言っても年末の繁忙期であるため、一度業務に入れば全然ゆっくりなどはしていられない。

空港内は大きな荷物を抱えて歩く人々でかなり混み合っており、結もその対応に追われた。

そして、四時間後。

やっと結が休憩に入れるタイミングが訪れた。ロッカールームに戻ってきた結はバッグの中を覗き込む。

（あ、そっか。今日お弁当持ってきてないんだった）

時間がある時、結は節約のためにお弁当を持参している。と言っても中身は昨日の夕食の残りとか冷凍食品などで、たいしたものではない。

しかし昨日遅くまで勤務していた結はなかなか起きられず、出社時間がギリギリになってしまって、それさえも用意する時間がなかった。

（社食で食べようかな……）

ちょうどお昼時とぶつかりそうで嫌だったが、買いにいくのも面倒だしと結はそう決める。

ロッカールームを出て廊下を歩いている時、スマホにメッセージが来ていることに気づいた。

画面を開いてみると、萌だった。

【ごめん。今日も研修があって遅くなりそうなの。忙しくて〜。今やっとお昼。もうお腹ペコペコ！】

メッセージと一緒にいくつものスタンプも送られている。

基本的に萌の文面はいつも子どもっぽい。結は苦笑いを浮かべかけたが、あることに気づいて「んっ⁉」となった。

このメッセージが来たのはついさっきだ。ということは、これから萌もお昼ということである。

そして、今までの本人の話から推察するに、萌はフライトでなければお昼は社員食堂で済ますことが多い。

(今から行ったら、会えるかも！)

結は手早く【ちょっと話があるから社食にいて。今から行くから】とメッセージを返すと、歩くスピードを上げた。

早く萌のことを解決しないと、大也とのことがままならない。

その気持ちが結を逸らせていた。

社員食堂に着くと結の予想どおり、中はなかなかの混雑だった。

しかもここはグランドスタッフ、パイロット、CAの他に、オフィスで働く事務系の人たちも利用する食堂だけあって、けっこう広い。

結はきょろきょろと見回して、萌の姿を捜して歩いた。

（……いないなあ……あ、あれかな？）

いくらその容姿から萌が目立つと言っても、同じ制服を着ている人が他に何人もいると、やはり埋もれてしまうのは否めない。

萌っぽい人を見つけては違うを繰り返し、本人にたどり着けずにいたが、柱の陰の目立たないところに見覚えのある横顔を見つけた結は、急いでそちらに足を向けた。

そして歩きながら、なんと言おうか考えた。

回りくどく言ったら萌には伝わらないかもしれない。

あまり文脈を読むというのができないタイプだ。だとすると、単刀直入に話したほうがいい。

それに一度、誰とも付き合っていないなんて嘘をついているのだから、結の心情的にも、気まずくなる前にさっさと言ったほうがいいだろう。

大也にこれ以上近づくのを、阻止したいという気持ちもある。

周囲に人はいるが、小さい声でささっと話してしまえば問題はないだろう。

この時、結は大切なことを忘れていた。

結は、萌が一人で食事をしていると思い込んでいたのだ。

それは萌がフライトの時以外は一人でお昼を食べているようなことを言っていたのを覚えていたからで、てっきり今回もそうだと思っていたのである。

「お姉ちゃん」

声が届く距離まで近づくと、結は萌に声をかけた。

そして、一気にテーブルまで近づくと、そこに手を突いて顔をぐっと近づけながら、囁くような声で「いきなりごめん」と早口で話しだした。

「私、本当は大也と付き合っているの」

「俺、実は結さんと付き合っています」

しかしそこで、結がまったく予期していなかったことが起こった。

結と同じタイミングで発せられた男性の声が、結の言葉にぴったりと重なったのだ。

（えっ）

これに結はとても驚いた。

まず、萌の前に人が座っていたことに驚き、その人物が結と同じタイミングで言葉を発したことに驚き、そして、その声がひどく聞き覚えのあるものであったことに驚いた。

「大也……!?」

「結……!?」

そして相手の顔を見て、予想どおりやっぱり大也だったことにまた驚いた。

それは大也も同じだったようで、鳩が豆鉄砲を食ったような顔をして結を見ている。

二人はしばらく茫然とお互いを見合った。大也は地上勤務だったようで、チャコールグレーのスーツを着ている。スタイルがいいのでその格好もとてもよく似合っていた。

(お姉ちゃん、大也と一緒だったの!? いや、それよりも……! 大也、今なんて言ってた……!?)

結は唖然としながらもなんとか状況を把握しようとした。

自分が言葉を発するのに必死でよく聞こえていなかったが、大也は結と付き合っていると宣言していたような。

「緒方さんの彼女って、やっぱり結ちゃんだったんだ」

その時、それまで黙っていた萌が口を開いた。

その声は、この状況にはそぐわないぐらい呑気なもので。

びっくりした結はぱっと萌のほうへ顔を向けた。

そこには、結の予想に反して、穏やかな顔で笑う姉がいた。


「お姉ちゃん、怒ってないの？」

そんな、とんだランチタイムになってしまったその日の夜。

仕事が終わった後に待ち合わせて、駅までの短い道を結は萌と並んで歩いていた。

本当は結はもっと早くあがれるはずだったのに、トラブルがあって残業を余儀なくされたのだ。

その結果、終わりの時間が大幅に遅くなり、萌の終業時間と一緒になってしまった。

そうならなくても、萌と話す時間をもとうと思っていたので、結果的には良かったと言えたが。

「なんで、私が怒るの？」

形のいい唇に微笑みを浮かべながら萌が不思議そうに答える。それを聞いて、結は気まずげに肩を竦めた。

「だって私、嘘ついたし……大也も、それに付き合わせて」

「そりゃあ、何も教えてもらえなくて信頼されてないみたいで悲しくはなったけど……まあ仕方ないのかなって」

仕方ないって、それってどういう意味だろう。

萌が寂しそうに言った言葉が、妙に引っかかった。

結には意味がよくわからなかったが、他に聞きたいことがあったのでそのまま話を続ける。

「じゃあ大也のことは？　好きだったんだよね？　ショックじゃなかった？」

あんなに「緒方さん緒方さん」と言っていたのだ。その恋人が妹だったと知れば、普通はかなりショックを受けるだろう。

しかし、社食でもそうだったが、萌は意外なほどにあっけらかんとしていた。

あの時は、周囲のテーブルに結たちの話が聞こえてしまったようで『あの二人って、付き合ってるんだ』的な視線を向けられはじめ、それ以上の話をすることができなくなった。

結はともかく、大也は割と目立つ存在だ。パイロットの制服を着ていなかったのでまだ良かったが、もしかすると一部では話が広まってしまうかもしれない。

そんな状況の中、なんの気を利かせたのか、さっさと食事を済ませた萌が『私もう行くね』とあっという間に去っていってしまったので、期せずして結と大也は二人で気まずいランチを続けることになった。

一連の流れを今思い返してみても、萌の態度にはショックを受けている様子がまったく見られなかった。それが結には不思議だったのだ。

「まあたしかにちょっといいなあとは思ってたけど……これ以上、結ちゃんに嫌われたくないもん」

「……え？」

結は耳を疑った。萌がそんなことを言ってくるなんて、完全に予想外だったのだ。

混乱して、目をぱちぱちと瞬く。

「なっ何、言ってるの……別に嫌ってなんか」

「いいよ、隠さなくても。結ちゃん私のこと嫌いでしょ。昔はお姉ちゃんお姉ちゃんってずっと後ろくっついてきたのに、小学生の真ん中ぐらいからまったく私に寄りつかなくなったじゃない。話しかけたり寄っていったりすると、嫌な顔をしてすぐ、すーっと離れていって。中学生の時なんか、ほとんど口をきいてくれないこともあった」

思い当たることがあって、この時ばかりは結もぎくっとなった。

それはたぶん大也に失恋したあたりだ。

萌はまったく悪くないことはわかっていた。けれど、理性が利かなくて萌を見るたび、感情が爆発しそうになるから……それを堪えるために、たしかになるべく萌を見ないように、できる限り避けていた時期があったことを思い出したのだ。

まさかそれを萌が気にしていて、そして覚えているとは思わなかったが。

「そこからもずっと他人みたいな態度だし……。でも私、本当の友達いないしできないし、結局相手してくれるのって結ちゃんぐらいなんだもん。せっかく近くに来られたのに、また疎遠になりたくないよ。だから緒方さんはいいの。結ちゃんのほうが大事」

結は呆気に取られたように萌を見た。

萌はなぜだか、まるで長年の思いを告白でもしたかのように、少し照れた顔をしている。

大也のことをあっさりと諦めたのがまさかそんな理由だとは思わず、結はしばらく言葉を失ってしまう。

結の中で、萌はお姫様のような存在で。いつも周囲に人がいて、ちやほやされているイメージだった。

しかし、たしかに考えてみれば、結は萌が友人を家に連れてきたところをあまり見たことがない。外では人に囲まれているイメージだったが、名前を知っている特定の友人と言われると一人も思い出せなかった。

（なんか……お姉ちゃんってこんな人だっけ？）

結は首を傾げたくなった。

もしかして、結は萌のことを色々決めつけてしまっていたのかもしれない。

特別容姿がいいというのも、それはそれで大変なことがあるのだろう。

冷静に考えれば、なんとなく思い浮かぶこともある。

容姿だけで色々決めつけられ、勝手なイメージをもたれたり。

事実、思い返せば結も幼い頃の印象そのままに、気まぐれでわがままで周囲を振り回すという姉のイメージにずっと囚われてきてしまったような気がする。

萌だってきっとその頃から時間を経て、学んで変わったことだってあるに違いなかったのに。

それに、萌と比較して結を貶（おと）し めたり、扱いに差をつけたりしていたのは、萌ではなくて二人の周囲にいた人間たちだ。

「……お姉ちゃん、ごめん」

気づけば結の口からするりとそんな言葉が零れた。

素直な、結の気持ちだった。

「なんで結ちゃんが謝るの？」

萌は結の言葉に驚いたような表情を見せた。

「緒方さんのことなら謝る必要ないよ。実は途中から、そんなでもなかったし。なんか……その、緒方さんの存在は、共通の話題的な感じのものだったっていうか。緒方さんの話を出すと、結ちゃん興味示してくれるから、つい」

「え、そうなの？」

萌の話は結の謝罪の返答としてはズレていたが、その内容が意外なものであったため、結はつい反応してしまった。

いたずらがばれた子どものような顔をして、萌が頷く。

「結ちゃんの反応があんまり過剰だし、緒方さんも彼女の話をすっごく濁すから途中から、薄々もしかしてとも思ってたしね。だから本当に私のことは気にしないで？二人のことは応援してる」

「……うん。ありがとう」

萌が本心から言っていることがわかって、結もまた素直な気持ちでそう返した。

きれいな顔で萌がにこっと微笑む。

しばらくほんわかした気持ちで並んで歩いていたが、ふと、気づいたように萌が言った。

「そういえば、結ちゃんさ。なんで嘘ついたの？」

「え？」

「だから、なんで付き合っている人いないって嘘ついたの？　言ったら、私が紹介してって言うかもって思ったから？　緒方さんのこと、会わせたくなかったの？」

純粋に疑問に思ったという感じで、まっすぐな眼差しで問われて、結は困ったように瞬きをした。

「うん……まあ」

「ただ単に、私のことが嫌いだったってだけじゃないよね。もしかして、二人の仲を引っかき回すと思った？」

萌は周囲の気持ちに対して鈍感なところがあるが、時々妙に鋭い。

結が萌に嘘をついた理由について、何かが引っかかったらしかった。

結は迷うように視線を彷徨わせた。

このままだと、萌は自分が結に相当なトラブルメーカーだと思われていたと勘違いしてしまうかもしれない。

萌のことを疎ましく思っていたのは事実だが、別にそこまで何か酷いことをすると思っていたわけではない。なんだかそう思い込ませるのは、かわいそうな気がしてきてしまっていた。

付き合っている人はいないと言った、本当の理由はただ一つ。

萌が、大也の初恋相手だったからだ。

昔の想いが再燃して、大也が萌に惹かれてしまったら困るから。

何よりそれが、本当に怖かったから。

結は少し躊躇った後、おもむろに口を開いた。

「別にそこまで思ってないよ。私が言いたくなかったのは、大也の初恋相手がお姉ちゃんだったからってだけ。それで、なんとなく嫌だったの」

早口で言いきった後、「それだけだから、この話は終わり」と締めくくった。

理由は言ったのだから、これ以上の追及は勘弁願いたかった。

だってそれは結の失恋の原因となったことだ。結はそこでひどく傷ついて、誰も好きになることができなくなってしまったのだ。できることなら、あまり話したくはなかった。

しかし萌は、その話に興味を引かれたらしく、「何それ」と言った後、訝しげに首を傾げながら言葉を続けた。

「初恋相手って……私、緒方さんのこと知らないよ。向こうが一方的に私を知って、好きだったってこと?」

これだから美人は……と内心思った結は、呆れたように口の端を上げた。

「お姉ちゃんは大也に会ったことあるよ。まあお姉ちゃんにとってはモブみたいな存在で覚えてないのかもしれないけど。大也は見た目、けっこう変わったしね」

「えっいつ? いつ会った?」

萌に勢い込んで聞かれる。結は少し面倒くささを感じたが、それでも腕組みをして記憶を探った。

「えーっと、小学校四年生ぐらいの時かな。大也と二人で帰ってたら、お姉ちゃんが急に現れて。少し言葉も交わしていたような……」

遠くを見ながら、思い出したことを口にすると、それをうんうんと聞いていた萌が、途中で遮るように、「あ」と言葉を発した。

「待って、思い出したかも。結ちゃんが小学生の時一緒に帰ってた男の子って、その子しかいないよね？　えっ、あれが緒方さん⁉」

「そうだよ」

たしかに今の大也からすると、変わりすぎて驚くのも無理はなかったが、「あれ」呼ばわりされて結はいささかむっとした。

しかし萌はそんな結には気づかずに、「えー」と戸惑った声を出した。

「あの子が私を好きだったってことは、ないんじゃないかなあ……。好意なんてまるで感じなかったよ」

そんなことを言われても、結自身が、本人がそう言ったのを聞いているのだから、違うということはないのだ。そう思い、否定の意味を込めて首を軽く振る。

「たしかにその時はまだ好きじゃなかったのかもね。だから中学生になってからじゃない？　お姉ちゃん中学でだいぶ目立ってたし」

「いや、だとしたらそれはもう初恋ではないのでは……だってあの子は明らかに結ちゃんを……」

ぼそぼそと呟かれたが、萌の言っている意味がわからなくて、結は怪訝そうに眉をひそめた。

萌は困ったように笑っている。

「この先は、本人に聞いたほうがいいかも。この後、会うんだよね？」

先ほど結は萌に、この後の予定を聞かれて大也と会うことを話していた。確認するようにそう言った萌は、そうしたほうがいいと言わんばかりに、結の顔を見ながら何度も頷いた。

第九章

「はい、どうぞ」

そう言って大也は、結のために湯気の立つカフェオレを出してくれた。自分の前には、ブラックコーヒーを置く。

萌と別れた後、結は大也の家に来ていた。

社員食堂で思いがけず二人でランチをした時は、周囲にいた人に話を聞かれているようだったので、たいしたことは話せなかった。

そこで、仕事が終わったら大也の家に来ないかという提案を受けた。色々ときちんと話したほうがいいと思っていた結は、それに頷いたのだった。

タイミングのいいことに、結は明日は休みだった。大也も出社時間が遅めということで、シチュエーション的にはなんの問題もなかった。

ソファに並んで座ったまま、二人の間に沈黙が落ちる。

きちんと話したほうがいいということはわかっていたが、何をどう切り出していいかわからず、結は言葉を探していた。

大也は結が話すのを待っているみたいだった。

たしかに大也からすると、特になんの理由もなく避けられていたのだから、説明が欲しいところだろう。

しかも、そうかと思えばいきなり現れて、萌に〝交際しています宣言〟をしたのだから、わけのわからない行動をしていると思われても仕方がなかった。

しばらく続いた沈黙に押し出されるように、結は口を開いた。

「あの……さ。大也の初恋相手って……お姉ちゃんなんだよね？」

「……え？」

唐突だとは思ったが、萌が言った、『本人に聞いたほうがいい』という言葉の意味が気になっていた。ここ最近の結のおかしな行動は、すべてそこに端を発しているわけで。まずはそのあたりをはっきりさせないことには、話が進まないと思ったのだ。

昔のトラウマの原因でもあることを直接大也に聞くのは、結にとってはとても怖いことだった。

けれど同時に、大也とこれからも付き合っていきたいのであれば、それを避けて通ることはできないとも思ったのだ。

当然、大也は面食らった顔をしている。どういう意味だろうというように、結の顔を窺っていた。

「正直に言って。私、知ってるから遠慮しないでいいよ」

「いや、俺の初恋は結だけど?」

思わず、という感じでそれを言った後、大也は少し、しまったという顔をした。

「……え?」

結は耳を疑った。言っている意味が一瞬理解できなくて、呆けた顔で、もう一度
「え?」と繰り返す。

「どういうこと?」

「いや、それはこっちの台詞なんだけど」

そこで大也はいったん言葉をきると、整理するように、短く区切って話しだした。

「つまり結は俺の初恋の相手が、結のお姉さんだと思ってるってこと? なんで?」

「何、言ってるの? 大也がそう言ったからでしょ」

そう結が言うと、大也は驚いた表情になった。

「俺が、結のお姉さんを好きだって言った? 一体、いつ? いや……絶対に言ってないよ。そんなこと」

大也が腕組みをして、うーんと唸る。

「言ったよ。言ってた！　中学二年生の時の、夏休みに入るちょっと前ぐらい。放課後の教室で男子四人ぐらいで話している時に、私と仲がいいことをからかわれて。春田のこと好きなんだろって言われた時に、俺は春田のねーちゃんが好きだって言ってた！」

話しているうちに段々とヒートアップしてしまい、興奮気味にばーっと喋ると、結は肩で息をしながらじろりとした視線を大也に向けた。

そして「私、あの時実は廊下にいて、はっきり聞こえちゃったんだよね」と付け加え、さらに言葉を続ける。

「別に、嘘つかなくていいよ。好きだったら好きでいいじゃん」

だいたいさ、とまだ結が言葉を続けようとした時、大也が大きな声で「ああ！」と言った。

「あれか……え、ということは、あれを結が聞いてたってこと？」

まじかあ……と小さく呟きながら大也が頭を抱える。

うめき声のようなものが聞こえてくるので耳を近づけてみると「そんな」「嘘だろ」「俺のせいじゃん」というようなことを、小さくぼそぼそと呟いている。

「え、どういうこと……」

困惑した結が思わず声を漏らすと、結の手を大也がぎゅっと握った。

「あれは、本心じゃない」

「ええっ？」

「あれは結を守りたくて、言ったことだったんだけど」

どういうこと？と意味がわからなくて茫然としていると、顔を上げた大也がなんとも気まずそうに「説明する」と言った。

緊張しているのか、大也はごくんと唾を呑み込んでから、おもむろに口を開いた。

「あの頃、俺は体形が……ほら、アレだっただろ。はっきり言って、冴えない見た目だった。そんな男に好意をもたれているって知られたら、結がからかわれると思ったんだ」

そう言って、大也はちらりと結に目線を向けた。

「でも俺の気持ちは、周囲にはバレバレだったみたいで。けっこうあの頃、しつこく春田を好きなんだろって茶化されてたんだ。でもそこで認めたら、きっともっとひどくからかわれるし、結に迷惑がかかると思って。それで考えた苦肉の策が、結のお姉さんを好きなことにするっていう方法だったんだ」

「……嘘でしょ⁉」

結は思わず叫んだ。正直、かなりショックだった。

心の動揺を抑えきれなくて、もう一度「嘘だよね⁉」と今度は自問自答のように呟く。

「そんな……私、それを聞いた時、大也はお姉ちゃんが好きなんだと思って……すごくショックで……その後はもう大也の顔が見れなくて……」

言っているうちにみるみる涙がせり上がってきて、まなじりから溢れる。

そしてぽろぽろと涙が零れた。

「ごめん……本当に。結、ごめんな。泣かないで」

大也はあたふたしながら自分の洋服の袖で結の涙を拭いたり、髪の毛を撫でたり、抱きしめたりして、なんとか結をなぐさめようと頑張っている。

けれど、一度溢れた涙はなかなか止まらなかった。

「俺は、ずっと結が好きだったんだ。小学生の時から。アメリカに行った後も。日本に戻ってパイロットになってからもずっと」

何度も結の涙を拭いながら、大也は告白を続ける。

「パイロットはたしかに子どもの頃からの夢だったけど、パイロットになったら結ともう一度、会えるんじゃないかって。そんな気持ちもずっとあったんだ」

だから空港で再会できた時、運命というものは本当にあるのだと、大也は強く感じたらしい。そう付け加えられて、結はぎゅっと瞼を閉じた。

「付き合おうってなった時に……再会して一緒に過ごすうちにいつの間にか、好きになってたって言ったけど、あれは嘘だよ。重すぎて引かれると思ったから。本当は小学生の頃からずっと、結しか好きじゃなかったんだ」

その言葉に一層涙が止まらなくなってしまう。けれどどうしても黙っていられなくなって結は手の甲で目をごしごしとこすると、ぱっと顔を上げた。

「何言ってるの、私もだよ。私も小学生の頃から、大也だけがずっと好き」

きっと顔は涙と鼻水でぐちゃぐちゃだった。

でも結はそう言った瞬間、胸の中にあった色々なものがすべてすーっと消え去っていくのを感じた。

大也が結を引き寄せて強く抱きしめた。結も大也の背中に手を回してしがみつく。

この瞬間、目もくらむような幸せが、結の心を満たした。

散々泣いてキスをして抱きしめ合って、お互いの感情のままにくっついていた二人ではあったが、それが終わると嵐が去った後のように穏やかな気持ちになり、今度は二人で静かに寄り添っていた。

あまりに感情的になりすぎて、お互い疲れたのだろう。

少し休憩が必要だといえた。

結は大也の身体にもたれかかったまま、ぼんやりと宙を見ながら口を開いた。

「私、聞きたいことがあるんだけど」

「何?」

「私たちって、付き合って四か月ぐらい経つよね」

「うん?」

「普通の恋人だったら、そろそろ済ませることがあると思うんだけど。先に進まないのはなんでかなあって、ずっと思ってて。大也は……その気がないの?」

ちらりと隣を窺うと、大也はなんとも難しい顔をしていた。

何か、とても言いだしにくそうな雰囲気を漂わせている。

「え、何? その顔」

「いや俺も、そろそろこのことについて、二人で話したほうがいいと思ってた。先に言わせてごめん。その、セックスをする前にお互い確認しておいたほうが、スムーズにいくんじゃないかなと思っていたことがあったんだけど……」

非常に回りくどい言い方をした後、大也は身体を起こすと、向き合うように姿勢を変えた。

その改まった雰囲気に、結は少々怖気づく。

「……何」

「結ってたぶん、セックスするの初めてだよね」

あまりにストレートに言われて、結は思わず目を泳がせた。顔も、少し赤くなってしまう。

「そ、そうだけど」

「……俺もなんだ」

「へ⁉」

「俺も、今までに誰ともセックスしたことないんだ。つまり童貞」

「ええっ！」

その告白は、けっこうな衝撃を結に与えた。

結は目を見開くと、まじまじと大也を見た。

「その顔で⁉」

「いや、顔は関係ないだろ」

けっこう失礼な発言だったのか、大也は心外そうに眉をひそめる。

アメリカに住んでいたのだから、そんな経験はとっくに済ましているのかと思っていた。いやそうでなくても二人とも二十八歳の大人なのだから、お互い経験がないというのは、なかなか珍しいだろう。

「だって、すごくモテそうなのに」

「モテるのも別に関係ない。小学生の時からずっと結が好きだって言っただろ。それなのに他の女の人としてたらおかしいだろ。好きな人以外とは、したくないし」

「まあ……たしかに」

この言葉にはすごく納得してしまった。

結もそうだったからだ。

ずっと大也が好きで、忘れられなくて。

だから他の人となんて、考えられなかった。

「俺もさ、色々考えてたんだけど。キス以上のことをしようとすると、結が緊張でがちがちになっちゃうじゃん。初めてって痛いっていうし、スムーズな挿入はリラックスしてることが大事だって聞いたから。こんな状態じゃ、無理なんじゃないかと思って。だからもう少し慣れてから、慣れてから……ってずっと思ってたんだけど。結が一向に慣れないから、どうしたもんかと思ってたんだよね」

「え……私、そんなにがちがちになってた……？」

さらりとすごい単語が出ていたような気もするが、そこは無視をして返答すると、
大也はうん、と頷いた。

「まあでも、やっぱり実践あるのみ、なのかな」

突然、ぐいっと顔を上に向けられ、瞬きよりも速く大也の顔が近づいてくる。

大也はちゅっ、と唇を押しつけると、舌を出して結の唇を舐めた。

そして結の耳元で囁いた。

「せっかくだし、今から試してみる？」


「なんで服、着てるんだよ。これからセックスするんだろ」

「そっちはなんでパンツしか穿いてないの。私たち、処女と童貞なんだよ⁉」

「いやそれ服を着てることに、関係なくない？」

どういう流れなのか、急にセックスをすることを決めた後。

とりあえず結たちは交代でシャワーを浴びた。

そして今。ベッドの上で二人は向かい合っている。

大也はどうせすぐに脱ぐのだからと、シャワーの後はボクサーパンツしか身につけていなかった。それで今、結は視線のやり場に困ってしまっているのだ。

ほど良く筋肉がついた均整のとれた身体は、結には目の毒だった。

しかし、あわあわしているうちに距離を詰めた大也が、結の服を脱がしにかかる。

覚悟はしていたが、恥ずかしさに頭が沸騰しそうになった。

「ほら。俺、童貞なんだから協力して」

言われてバンザイをさせられると、結は着ていたニットをキャミソールごと頭から脱がされた。

今日、セックスをするなんて思っていなかった結は、当然ながらおしゃれな下着などは身につけていない。

縁にレースはついているが、比較的シンプルなブラに包まれた柔らかな膨らみが大也の眼前に晒された。

それから腰を上げるように促されて、スカートを引き抜かれる。

ストッキングは、さすがにシャワー後には穿かなかった。

だから、あっという間にブラとショーツだけの姿になる。

大也は極めつけとばかりに、ブラのホックを外した。

そうして大也は、結の上にのしかかる。キスで唇を塞ぎながら、そのままベッドに押し倒した。

舌が絡んで息が乱れる。大也はブラの下に手を滑り込ませると、そっと胸に触れた。

その瞬間、恥ずかしさから結の吐息が乱れた。

当然、そんなところに触れられるなんて、結には初めての経験だ。

柔らかさを確認するように、ゆっくりと揉みしだかれて、身体が、電気が走ったかのように痺れた。

体が熱い。熱くて溶けてしまいそうだった。

「ごめん。痛かったら言って」

大也はそう言ったけど、触り方はすごく丁寧で、とても優しかった。

結にいちいち聞きながら胸以外にも、身体のあちこちに触れた。

そして結の足を大きく開かせ、その間にある熱くなった部分を、熱心に何度も弄んだ。

「もう……やだ。恥ずかしいよ」

どうにかなってしまいそうな快感が全身を襲う。未知の感覚と羞恥心から、結はそんな言葉を口にした。

「でも……ちゃんとやらないと、たぶん痛いよ」

真面目な顔でそう言われると、結も従わざるを得ない。

それでも優しくキスをされると、なんでも受け入れてしまいたくなるから不思議だった。

童貞と言ってはいるが、大也はちゃんと結をリードしてくれた。

結だけがいっぱいいっぱいで。

それがなんとなく悔しくて、つい憎まれ口を叩いてしまう。

「初めてのくせに、余裕……！」

「いや童貞といっても俺も大人だし。それなりの知識はありますよ。自制心だって、フル稼働させてるし」

そんなことを言っていた大也だったが、やっぱりいざ挿入の時は少々大変そうだった。

結が少しでも痛がるような素振りを見せると、いちいち動きを止めて、角度を変えてやり直す。

やっと三回目で大也のすべてを受け入れた時、結は感動のあまり、少し泣いた。

その後は、動かれると多少の痛みはあったが、喜びのほうの気持ちが強くて、そんなに気にならなかった。

そしてその日は満たされた気持ちのまま、大也に抱きしめられて眠った。


「え、荷物こんなにあるの？ 入るところあるかな」

「嘘⁉ けっこう捨てたんだよ。これでも――」

「ワンルームなのに、どこにこんだけの荷物があったんだよ」

一月なのに春を思わせるような、柔らかい日差しが降り注ぐその日。

結と大也はうず高く積まれた段ボール箱の前で、軽い言い合いをしていた。

付き合ってまだ五か月しか経っていないのにもかかわらず、二人は一緒に暮らすことを決めた。

何せ小学校の時から、お互いだけが好きな一途同士であったため、きっとこの先他の誰かを好きになることなんてないと、お互いが確信してしまったのである。

そうなれば、さっさと一緒になりたいと思うのは自然のことだったのかもしれない。

二人は結婚を前提に、同棲(どうせい)を開始することにしたのだった。

大也の部屋は一人暮らしにしては充分な広さがある住居だったので、とりあえず結がそこに引っ越してくる形を取ることになった。

「じゃあ、この部屋は私の荷物部屋にするということにしよっか」

「また勝手に決めて……まあいいけど」

「疲れちゃったから、いったん休憩しよ」

結は段ボール箱だらけの部屋を出ると、そのままリビングに向かった。不満気な顔をした大也が後ろからついてくる。

「休憩早くない？　服とかだけでも今日出さないと、明日着ていく服なくなるよ」

「私、明日も休みだもん」

「そういう問題じゃないだろ」

大也が怒った真似をして結を引き寄せると、そのまま冗談っぽくソファに押し倒す。

結が素早くキスすると、舌を出して唇を舐めた。そのまま舌を絡ませながら深いキスをする。

「ん……だめ。この後、お姉ちゃんが来る」

服の下に手を潜り込ませようとする大也を制しながら、キスの合間に結は言った。

「そうだっけ？」

絶対にわかっていたくせに、大也はとぼけた返事だ。仕方なく結は何時だったっけと時間を計算しはじめた。

萌とは、たまにお茶をしたり買い物に行ったりとほど良い関係を続けている。時々萌がわがままを言って喧嘩っぽくなることもあるが、基本的には穏やかな関係を維持できていた。今日も引っ越し祝いを持ってきてくれると言っていた。

こうやって姉と適度な距離感でやっていけているのも、大也のおかげだと結は思っている。

彼がいつもそばで結を見ていてくれるから。

だから結は、なんでもどんなことでも前向きに頑張っていこうと思えるのだ。

自分を包む温もりに、言いようのない幸せな気持ちが込み上げて、結は思わずその広い背中に手を回し、きゅっと抱きつき返した。

「結もその気になった？」

それをどう勘違いしたのか、笑いながら言った大也が、少し上体を起こしてもう一度キスを落としてくる。段々と唇を移動して首筋を舐められ、結は身体を捩(よじ)った。

「やだ、くすぐったいよ」

「最初のうちだけでしょ」

どうやら割と本気らしい。その口ぶりからそう汲(く)み取った結は、大也に手のひらを向けて〝待って〟というようなポーズを取った。

「今、ブーブー言わなかった？」

目線でローテーブルの上にあるスマホを指し示す。たしかにブルブルとそれが動いたような気がしたからだった。

「そう？」

そう言いながらも大也は手を伸ばしてスマホを取り、それを結に渡した。受け取った結は寝転んだ状態でスマホの画面を解除する。

「あ……私、時間勘違いしてた。十五時じゃなくて十七時だったかも」

通知に出ていた萌からのメッセージを読んだ後、そう呟く。

メッセージには、【夕飯に何か買っていったほうがいいかな】というようなことが書いてあった。それで、おかしいなと思って前のメッセージを見返して、結はその間違いに気づいたのだ。

「へえ……そうだったんだ」

大也のその口調はまるで、いいことを聞いたといわんばかりだったが、結はメッセージを返信することに気を取られて、気づかなかった。

【デリバリーするから買ってこなくていいよ】と手早く返す。

よしと思った瞬間、その表情を見ていたのか、大也が手の中からスマホを取った。

「あ」

「終わったんでしょ？　次は俺の番」

口を挟む暇もなく、スマホをローテーブルに戻した大也が結にまた覆いかぶさってくる。首筋を唇で啄まれながら胸に触れられ身体がぴくっと動いた。

「あっ……」

小さく声が漏れる。その反応に、大也がふっと笑った。

「結って首弱いよね」

喋りながら舐めたり唇でなぞられたりしてそのたびに声が漏れてしまう。

「も、もう。本当は休憩するはずだったのに……っ」

「仕方ないじゃん。俺の結だと思うと、触れたくなっちゃうんだから」

そんなふうに言われると、結も弱い。

しかもその気持ちもおおいにわかる。

結も大也が自分だけのものだと思うと、どうしようもなくなってしまう時がある。

小さく笑みを零しながら、結は身体の力を抜いた。

番外編

「こっちとこっち、どっちがいいと思う？」

結が手に持っているパンフレットを真剣な顔で覗き込んだ大也は、顎に手を当てて
「……ちょっと待って」

少し考える素振りをみせた。

「こっち、かな。少しだけカラーが入っているほうが、白が引き立っていいと思う」

アメリカ人の祖母をもつクォーターの大也は彫りが深めで、真剣な顔をしている時にそれが一層引き立つと思う。きゅっと目尻が上がり表情に凛々しさが出て、結は図らずもどきっとしてしまった。

（もう、夫に見とれるなんてどうかしてる。毎日のように見てるじゃない）

結は大也に気づかれる前に無理やり視線をはがすと、手元のパンフレットに目を移した。

「そうだよね。じゃあここの変更はこれにしようかな……」

二人は今、結婚式の準備に追われていた。

同棲から一年が過ぎた頃、結は大也にプロポーズされたのだ。

その日、大也はフライトだった。ニューヨークに行っていて、三日ぶりに帰ってきた。八時頃には終わるから食事をしようと言われて、なぜか空港で待ち合わせた。

結は休みで家にいた。「どうして空港待ち合わせなのかな?」と疑問に思わないこともなかったが、久しぶりだったので早く会いたい気持ちのほうが勝った。

待ち合わせ場所で結を見て笑いかけたその顔を見て、ほっとしたと同時に言いようのない嬉しさが込み上げて、胸がぎゅっとなったのを覚えている。

国際線で長距離のフライトの時は、何日か帰ってこないからいつもそうだ。だから普段どおりに思わず抱きつきたくなったが、さすがに人がいる場所ではと我慢した。

そこから、すぐに食事に行くかと思ったのに。

その時、大也はなぜか結を展望デッキに誘った。

夜の展望デッキは滑走路のライトと建物や飛行機を照らす光、それに遠くに街の夜景も見えて、とてもきれいでロマンチックだった。

そこは結もお気に入りの場所で、時間が空いた時に寄ることがある。

大也のフライトの日に、当たりをつけて「あれが大也の操縦している飛行機かな」と眺めることもあった。

その日は平日の夜だったので展望デッキは空いていて、人気はあまりなかった。ぽつりぽつりといる人たちから距離を取った場所まで行くと、ちょうど飛び立つ飛行機があって、自然と視線はそちらを向いた。

季節は冬で、夜になってさらに気温が下がったデッキの付近は、びゅーびゅーと飛行場のほうから吹いてくる風で冷え込んでいた。思わず、巻いていたマフラーに口元のあたりを埋める。

結はなびく髪を、大也と繋いでいないほうの手で押さえた。

『……あのさ。結は突然に感じるかもしれないけど、言いたいことがあるんだ』

不意に真剣な顔で大也が結を見た。

『……え？』

その決意を秘めたような強い眼差しに、結はどきっとした。何かとんでもないことを言われるような気がして、期待と不安が入り混じった気持ちになる。

トクトクと鼓動が自然と速まっていった。

『出会ってから今まで、結だけがずっと好きだったし、これからもずっと愛してる。だから一生一緒にいたい。俺と結婚してほしい』

それは少し緊張したような声で。けれど、一言一言に気持ちを込めるように、大也ははっきりと言った。

　そしてポケットから四角い小さな箱を取り出すと、おもむろにそれを開けた。

　そこには、飛行場のあちこちにあるライトを反射してキラキラと光り輝く、ダイヤモンドの指輪が収められていた。

　それは、結が以前何かの時に、素敵だと言った指輪と同じデザインで。

　結は言葉を失った。

　既に大也とは一緒に住んでいる。今まで結婚を意識していなかったといえば嘘になるが、それは結にとっては少々不意打ちだった。

　今日プロポーズされるなんて思ってもみなかったのである。

　それ故、結はすぐにそれに反応できなかった。

　気づけば、信じられないとでもいうように、手で口を押さえていた。その手が、唇が小刻みに震えていた。

　ごくりと唾を呑み込む。すると、急に視界がぼやけた。

　結は涙を浮かべながら頷いた。

　するとその表情を、固唾を呑むような顔で見守っていた大也の相好が崩れた。大也は心底ほっとしたような顔でケースから指輪を取り出すと、結の左手の薬指に嵌めた。

サイズはぴったりだった。結はその指輪をじっと見つめた後、ゆっくりと大也に視線を移した。

『私も大好き。一生、そばにいてね』

答えた瞬間、引き寄せられて、ふわりと身体が包まれた。

『結。愛してる』

耳元で囁かれて、その甘さにくらくらしていると、柔らかいものが唇に重なった。

と、これが半年前のことだ。それから、結婚式場を色々と探して、結婚にあたり引っ越しをしようと新居も探した。

新居に引っ越したのは二か月前の五月。空港にほど近い、3LDKのきれいなマンションだ。五月には結の誕生日があったので、その日に合わせて婚姻届も出した。

ということで、結は〝緒方結〟になっていたのだ。

まだ呼ばれ慣れないが、「緒方」と呼ばれて、ついニヤニヤしてしまうこともある。

同じ名字なんだと思うと、なんだかくすぐったかった。

そして、二か月後の九月には、結婚式が控えている。結はもう今から落ち着かなかった。

考えるだけで、胸が高鳴ってどきどきしてしまう。きっと幸せな一日になるんだろうなと思うと、その日が待ち遠しかった。


「春田さん」

「はい、なんでしょうか」

「あ、ごめんなさい。今は緒方さんになったんだよね」

カウンター業務が終わり片づけをしていると、先輩社員から声をかけられて、結は作業の手を止めた。

「はい。まだ慣れませんけど」

「新婚か。いいなあ」

呼び止められた理由の用件自体はすごく簡単な頼まれごとだった。しかし了承した後もその先輩社員がそこを動かなかったことから、世間話がしたいんだろうなと思った結は、片づけの手を動かしながら、会話をすることにした。

空港にはもう人の姿はまばらで、この業務が終われば、結たちもあがりだった。

「聞いたんだけど、旦那さんＪＷＡのパイロットなんだって？　名字が緒方さんになったってことは、もしかしてそれって、あの緒方さん？」

どの緒方さんだろうと思いながらも、ＪＷＡのパイロットに別の緒方さんがいるという話は聞いたことがない。たぶんそうなのだろうと、首を傾けながら苦笑いを浮かべ、答える。

「夫は副操縦士ですね」

「あ、じゃあやっぱりそうなんだ。イケメンで有名な緒方さん」

そんなに有名なんだ、と結は大也のもつイケメンパワーに少し圧倒されながら、愛想笑いを浮かべる。

「すごいね。パイロットでイケメンで。しかも優秀で機長昇格も早いだろうと噂されてるって聞いたよ。パイロットの人たちとは同じ系列でもなかなか話す機会なんてないじゃん。どうやって知り合ったの？」

どうやら、これが話しかけてきた本当の理由だったらしい。

割とよく聞かれることだったので、結にとってはお決まりの質問だった。普通のグランドスタッフがどうやってイケメンパイロットを射止めたのか、みんな興味津々なのだ。

大也がグランドスタッフと結婚したことは、社内ではまあまあ噂になっていて、時には、相手はどんな女性なのかと結をわざわざ確認しにくる人もいる。

たしかに大也はイケメンだし、優しくて気が利くし、結のこともすごく大切にしてくれる。そんな素敵な人と結婚してしまったのだから、ある程度好奇の目で見られることは仕方ないと、最近では諦め、受け入れていた。

「夫とは小・中学の同級生だったんです。空港でたまたま再会して。それでそこからって感じですね」

もう何十回と話した言葉を結がすらすら口にすると、先輩社員は目を丸くして驚いた。

「小・中学の同級生で偶然、空港で再会……⁉　なんかすごくドラマチックだね」

「たしかに、そうかもしれないですね」

結は素直に頷いた。再会したその時もドラマチックだなと考えたことを思い出したのだ。

あの時は、なんで今さらと再会を喜ぶ気持ちにはなれなかったが、今は本当に良かったと感謝の気持ちしかなかった。

むしろ、再会できていなかったらと思うと、ぞっとする。

「結」

聞き慣れた声に呼ばれてふとそちらを見ると、スラックスにシャツという私服姿に着替えた大也がこちらに向かって歩いてくるところだった。

結は「大也」と驚きの声を上げる。

「どうしたの？　もう勤務終わったの？」

「うん。早めにあがれたから、結まだ働いてるかなってちょっと見にきたら、本当にいた」

爽やかに笑った大也は、結の隣に先輩社員がいることに気づくと、そちらにも笑みを向ける。

「お疲れさまです。すみません、邪魔してしまって。すぐ行きますから」

「あ……いえ」

その先ほどよりもだいぶ小さい声に、見れば先輩社員は軽く頬を染めて、大也のほうをまるで眩しいものを見るみたいにして、凝視している。

（イケメンパワー……すごい）

「俺、そのへんで適当に待ってるから。終わったら連絡して」

「あ……うん」

どうやら「一緒に帰ろう」ということを伝えたかったらしい。

結は小さく笑みを浮かべた。わざわざ捜しにきてくれたのが、少し嬉しかった。

大也が爽やかに去っていくのを、目がハートになっている先輩社員と見送ると、結は仕事に戻った。

そんなこんなで、仕事をしたり二人で出かけたりこの先のことを話し合ったりとバタバタとしながら二か月が経ち。

結が待ちわびていた結婚式は、あっという間にやってきた。

会場はなんと沖縄。結たちは一度、休暇を取って沖縄旅行をしたことがあった。

その際、結が海沿いに建つチャペルに一目ぼれをして、結婚式を挙げるならここがいいねと言ったら大也も同調してくれて。

そしてその時のことをしっかりと覚えていて、結婚式の話が出た時に沖縄での挙式を提案してくれたのだ。

そのため、現在住んでいる地域からは遠いということもあり、結婚式には親族と、本当に親しい友人しか呼んでいなかった。

二人とも、今までお世話になったり、親しくしてくれたりした人が祝ってくれればそれで良かったので、この形式にすることになんの抵抗もなかった。

当日は快晴。雲一つない空は澄み渡り、エメラルドグリーンの海面は太陽の光を受けてキラキラと光り輝いていた。まさしく絶好の結婚式日和で、最良の日といえた。

二人で早めに会場に入り、それぞれの控え室で準備を行っていく。

レースがふんだんに使われたプリンセスラインのドレスにティアラ。それにお揃いのピアスとネックレス。化粧もいつもより華やかな雰囲気になるように丁寧に仕上げてもらい、結の準備があらかた仕上がった頃、扉をノックする音が聞こえた。

「はい、どうぞ」

返事をするや否や、開かれた扉から現れたのは萌だった。

「わあ、結ちゃんすっごくきれーい！」

結の純白のウエディングドレス姿を見て、萌が歓声に近い声を上げる。小走りに近寄ってくると、色々な角度から、スマホでカシャカシャと写真を撮りだした。

「ちょっと、お姉ちゃん……そんなに撮らないでいいよもう」

「え、だって本当にきれいなんだもん！　ね、お母さん！」

萌に続いて入ってきた母親に声をかける。その後ろからは父親も続いていた。

母親は少し離れたところから結のドレス姿をじっと見ると、おもむろに腕にかけていたハンドバッグからハンカチを取り出して、そっと目尻を押さえた。

（え……泣いてる⁉）

これに結は驚いた。グランドスタッフになって家を出てからはほとんど帰っていないが、それまでの記憶では、母親は結のために泣くような人ではなかったからだ。

別に、冷たくされていたわけではなかったけれど。

母親の関心はいつも姉の萌にばかり向いていて、結に対してはどことなく無関心のような感じだったから。

「ちょっとお母さん、泣かないでよお。私だってずっと我慢してたのに……涙が出ちゃうじゃん」

そう言ったかと思うと突然、萌がわーんと子どものように泣きだした。

「結ちゃん、おめでとお」

と言いながら、涙を次から次へと溢れさせている。

「ええ……」

二人に泣かれてしまって、結もどうしていいかわからない。呆気に取られながら萌を見ていると、母親が手に持っていたハンカチを萌にすっと差し出した。

「もう、萌は相変わらずね。感情の動きが激しくて、危なっかしくて。それに比べて、結は昔から本当に手がかからなくて……。なんにも言ってこないから、それでいいと思っていたけれど……でも、そんなふうに思ってはだめだったわよね」

独り言のように母親は呟くと、そこで結のほうへと向き直った。

「もっと色々してあげれば良かったんじゃないかと、今さらになって後悔してるの。ごめんね、結。いい人と一緒になれて、本当に良かったわ……おめでとう」

思いがけない言葉が、結にとっては不意打ちで。

たまらず、瞳が潤んできてしまう。

母親がそんなふうに思っていたとは知らなかった。

思い返してみると、母親は昔から、「かわいいかわいい」と言って、萌の相手ばかりをしていたように思う。だからきっと、母親はきれいな萌だけが、かわいいのだと結は思っていたのだから。

「もう、お母さん。さらに泣かせないでよお」

そう言った萌の嗚咽の後ろから、ぐずぐずといった鼻を啜る音が聞こえてきた。見れば、普段は空気のような存在の父親が泣いていた。

こんなにうちの家族は涙もろかったのか、と思いながら、結はそっと自分の鼻を啜った。

そして、大也はというと。

萌たちが出ていく時に結が扉のところまで見送りに行くと、大也の控え室から誰かと話す声が聞こえた。少しだけ開いていた扉の間から覗くと、どうやら大也の控え室には、母親が来ているようだった。

大也の母親はアメリカに住んでいる。そのため、オンラインで話したことはあるものの、結は実際に会ったことはまだなかった。とても成人した子どもがいるとは思えないほど若々しくて、きれいな女性だ。

控え室では、その母親が泣きながら大也に向かって謝っていた。

結はすぐにピンときた。

結の知る限り、小・中学生の時の大也は親にだいぶ放置されていた。それだけで、二人が普通の親子関係ではないことがわかる。

でもオンラインで話している時、二人の関係性は普通そうに見えた。きっと、アメリカに行って暮らすことで、良いほうに向かったのだろう。

けれど、どれだけ〝今〟が良くなったとはいっても、過去にあったことは消えない。

人と人の関係とは、積み重ねだ。

親というのは子どもが結婚する時、それまでの子育てを振り返るものなのかもしれない。

さっきの、結の親の姿と、大也の母親の姿。

この二つを見て、結はそう思った。

謝られたからといって過去にあったことは消えないが、その事実は人の気持ちを未来に向けてくれる。

大也の心にあるであろう過去に対するわだかまりが、少しでも少なくなるといいなと結は思った。


そして時間になり、ついに迎えた結婚式。

結は父親とチャペルに入場し、バージンロードを歩いた。

このチャペルの素晴らしいところは祭壇の向こう側がガラスばりになっていて、見渡す限りの海が広がり、海をバックに愛が誓えるところである。

大也のところまで歩いていき、父親から大也へと相手を交代する。

大也は真っ白なタキシードが驚くほど似合い、恐ろしいくらいに格好が良かった。

衣装合わせの時にも見ているが、やっぱり本番になるとなんというかオーラが違う。

結はしばし見とれてしまいそうになった。

「すごくきれいだよ、結」

大也が結に耳打ちする。目が合うと、まるで眩しいものを見るみたいに大也は少し目を眇めた。

結はその言葉に答えるように笑みを浮かべる。

幸せだ、と思った。

二人はそのまま、雄大な海を臨みながら、変わることのない永遠の愛を誓った。

そして、その愛が嘘偽りのないものだと。

来てくれた家族・友人の前で誓いのキスを行った。

結婚式が終わると、フラワーシャワーを浴びながら外に出た。

この後は、みんなで記念の写真撮影を行う予定だ。

撮影場所は目の前にあるビーチ。

海をバックに撮影するため、スタッフがカメラのセッティングを行う間、少しだけ待ち時間があった。

日除けの下にバーが作られていて、そこに椅子や飲み物が用意されている。

「結おめでとう！　めっちゃきれい！」

「おめでとうございます！」

美月と野村がすぐに近くに来て、お祝いの言葉をかけてくれた。

「沖縄まで来てくれてありがとう」

「全然。すっごいきれいで感動しちゃった。沖縄で結婚式、いいね」

美月は若干興奮しているみたいで顔が赤い。そんな美月に、野村が素早く突っ込んだ。

「東川さん、来月にもやりかねない雰囲気ですよ。山野さんにもすっごい圧かけてたし」

「うるさいなあ。だってすごいきれいじゃん。私もこんなところで結婚式したいよ」

美月と山野の交際は順調で、結婚も視野に入れているようだ。来月から同棲すると言っていたし、実際、式に呼ばれる日も近いかもしれない。結は思わず笑みを浮かべた。

「じゃあ今度、山野にパンフレット渡しとくよ」

大也は何人か懇意にしているＪＷＡのパイロットを結婚式に呼んでいて、山野は今、そちらのパイロットたちの輪の中にいる。

山野がいる方向をちらりと見て大也が軽口を叩くと、一斉に笑いが起きた。

「結。おめでとう！」

笑いの中、横から声がかかり、そちらを向くと寿葉がいた。結はドレス姿ということも忘れて思わず駆け寄った。

「妊娠しているのに来てくれてありがとう。大丈夫？　身体つらくない？」

隣には目元が少し垂れていて優しい顔立ちをした男性が、寿葉を支えるように立っている。寿葉の夫だった。

「安定期に入っているし、大丈夫だよ。私がどうしても来たかったんだから、結は気にしないで」

「私まで呼んでいただいて、すみません」

結は膨らんだお腹を愛おしそうにさする寿葉に微笑みかけ、隣で頭を下げている寿葉の夫の言葉に首を振って「こちらこそ、わざわざ来ていただいてありがとうございます」と言った。

寿葉は結より一足早く、付き合っていた彼氏と結婚した。本当は、婚約してその後もう少しゆっくりと結婚準備を進める予定だったのが、寿葉の妊娠がわかったからだった。

二人はすぐに婚姻届を出し、式を挙げるのは子どもが生まれてからということになったらしい。

「寿葉さんの旦那さんなんだから、当たり前ですよ。本当に来てくれてありがとうございます」

いつの間にか椅子を持って近くに来ていた大也が、寿葉に椅子に座るように勧めながら言った。

寿葉が大也に向かって返答しようとしたその時、ビーチのほうから準備ができたことを告げる大きな声が聞こえてきた。

見れば、カメラのところにいるスタッフがこちらに向かって手を振って合図を送っている。

「準備できたみたいだね」

大也が結を見ながら笑って言った。


「あ、右の方はもうちょっと広がってください。はいOKです」

ドレスでビーチに下りるという今までにない経験をした後。一行は全員がビーチに並んで写真撮影を行っていた。

「新郎さんはもう少し新婦さんと顔を近づけて。あ、すごくいい感じでーす！」

カメラマンがファインダーを覗いては指示を繰り返し、何枚か撮影した後、今度は二人だけのショットを撮ることになった。

結と大也以外は、先ほどのバーのところに戻ってのんびりとこちらの様子を眺めている。

「ちょっと抱き上げてみましょうか」

カメラマンから言われて、大也は結を下から抱き上げた。結は慌てて大也に抱きつく。

「やだっ、重くない？」

「全然。軽いよ」

大也はそう言って笑ったが、結は別にすごく痩せているというわけではないので、そこそこ体重があるはずだ。

しかし、その言葉どおり、顔色一つ変えず結を抱き上げ続ける大也のたくましさに、結は少しどきっとしてしまった。

けれどそんな結の心情はおかまいなしに、引き続きパシャパシャとシャッターが切られていく。

「じゃあ最後にキスで！」

「え」

ポーズを変えて何枚も撮った後、カメラマンが発したリクエストに結はぎくりとしてしまった。先ほども誓いのキスをしたが、それはセレモニーの一環みたいなことだからあまり恥ずかしさはなかった。

しかし向こうから家族や友達が見ている中、改めてキスをするとなると、なんだか照れてしまう。ちらりとバーのほうに目をやると、全員が楽しそうに笑いながらこちらを見ている。

「なんか、恥ずかしいね」

「そう？　俺は別に」

二人で向き合ってポーズを調整する。このまま顔を近づけてくれと言われて、結は誤魔化すように少し笑ってしまった。

「さすが、アメリカ育ち」

「アメリカでは誰ともキスしてないんだから、それは関係ないでしょ」

大也の顔が段々と近づいてくる。

こんな状況でも大也はまっすぐに見てくるから、結は恥ずかしくて視線を逸らしたくなる。だが、その眼差しに囚われたように、それはできない。

「結、愛してるよ」

「……私も」

目を閉じた瞬間、唇が重なる。

こうして二人は青い空の下、改めて永遠の愛を誓った。

終

あとがき

はじめまして、こんにちは。木下杏と申します。

このたびは、たくさんの本の中から手に取っていただき誠にありがとうございます。

幸運にも、前作の『政略結婚のはずが、溺愛旦那様がご執心すぎて離婚を許してくれません』に続き、マーマレード文庫さまから二作品目を出させていただけることになりました。

今作は前作とはがらっと変わり、ヒロインである結の職業はグランドスタッフ、ヒーローの大也はパイロットと、主に空港が舞台となっております。

私自身も空港は好きな場所でして、グランドスタッフとパイロットという職業にも興味があったことから、とても楽しく書かせていただきました。

実はこちらを書いている最中に二回ほど空港を利用する機会がありまして、その時には本作品の参考にしようとグランドスタッフの方を陰ながらひっそりと観察させていただきました。展望デッキにも行って、空港を見て回り、それも、楽しい経験でした。ぜひ少しでも空港の雰囲気が伝わったらなと思います。

今作では、イラストをうすくち先生に描いていただきました。大也は想像どおりのイケメン、結は本当にかわいらしく描いてくださって感激でした！　本当にありがとうございました。

最後になりますが、編集さま、大変お世話になりました。この場を借りてお礼を言わせてください。最後まで書き上げられたのは編集さまのおかげです。時間を割いてサポートいただき、本当にありがとうございました。

何より、読んでくださった読者さま、本当にありがとうございました。感謝の気持ちでいっぱいです。心よりお礼申し上げます。

またどこかでお目にかかることができましたら幸いです。

木下　杏

マーマレード文庫

凄腕パイロットの幼馴染みに再会したら、一途すぎる溺愛から逃げられません

2024年1月15日　第1刷発行　定価はカバーに表示してあります

著者　木下　杏　©ANZU KINOSHITA 2024
発行人　鈴木幸辰
発行所　株式会社ハーパーコリンズ・ジャパン
東京都千代田区大手町1-5-1
電話　04-2951-2000（注文）
0570-008091（読者サービス係）
印刷・製本　中央精版印刷株式会社

Printed in Japan ©K.K. HarperCollins Japan 2024
ISBN-978-4-596-53447-7

m a r m a l a d e b u n k o